无疆的文学

世界的音符

尚书房

走向世界的中国作家

寻死无门

王祥夫 著

CHINESE WRITERS
WITH WORLDWIDE INFLUENCE

文化发展出版社
Cultural Development Press

图书在版编目（CIP）数据

寻死无门/王祥夫著．—北京：文化发展出版社，2016.9（2021.2重印）
ISBN 978-7-5142-1420-8

Ⅰ．①寻… Ⅱ．①王… Ⅲ．①中篇小说－小说集－中国－当代
Ⅳ．①I247.5

中国版本图书馆CIP数据核字(2016)第164856号

寻死无门

王祥夫/著

出 版 人：赵鹏飞
总 策 划：尚振山　曹振中
责任编辑：周　蕾
责任校对：岳智勇　　**责任印制**：杨　骏
责任设计：侯　铮　　**排版设计**：麒麟传媒

出版发行：文化发展出版社（北京市翠微路2号　邮编：100036）
网　　址：www.wenhuafazhan.com
经　　销：各地新华书店
印　　刷：山东德州新华印务有限责任公司
开　　本：889mm×1194mm　1/32
字　　数：136千字
印　　张：7.5
印　　次：2016年9月第1版　2021年2月第4次印刷
定　　价：58.00元
ISBN：978-7-5142-1420-8

◆ 如发现任何质量问题请与我社发行部联系。发行部电话：010-88275710

编委会

野　莽：中国作家，编辑家，出版家。作品被翻译成英、法、日、俄等国文字。国外出版有法文版小说集《开电梯的女人》等多部作品。主编有中、英文版“中国文学宝库”（50卷），中文版“中国作家档案书系”（30卷，与雷达），“中国当代长篇小说评点绘画本丛书”（15卷）及“中国当代精品文库”等大型丛书数百种。

安博兰：(Geneviève Imbot-Bichet)，法国汉学家，汉法文学翻译家，出版家。法国Éditions Bleu de Chine创始人。早年于台湾学习汉语，曾在法国驻华使馆（北京）任职。现为法国珈利玛出版社（Gallimard）中国蓝丛书负责人，法国“中国之家”文化顾问。曾翻译出版了大量中国作家的作品，其中最具影响力的有荣获法国三大文学奖之一——费米纳（Fémina）外国文学奖的《废都》。

吕　华：中国翻译家。曾任中央编译局中央文献翻译部法文处处长，中国外文局中国文学出版社副总编辑，中译法最终审稿、定稿人。对外翻译过三任国家领导人的文集。文学翻译有法文版长篇小说《带灯》以及大量中国当代作家如汪曾祺、陆文夫、贾平凹、韩少功、陈建功、刘恒、莫言、阎连科、周大新、王安忆、铁凝、方方等的代表作。

贾平凹：中国作家，书法家，画家。中国茅盾文学奖、费米纳文学奖、法国政府奖、美国美孚飞马文学奖获得者。作品被翻译成英、法、德、意、西、捷、俄、日、韩、越等二十多种文字。在国外产生影响的有英文版长篇小说《浮躁》，法文版长篇小说《废都》《土门》《古炉》等。

周大新：中国作家。中国茅盾文学奖获得者。作品被翻译成英、法、德、朝、捷等十多种文字。国外出版有法文版长篇小说《向上的台阶》等多部作品。由其短篇小说《香魂塘畔的香油坊》改编的电影《香魂女》获柏林国际电影节金熊奖。

尚振山：尚书房图书出版品牌创始人。出版有“中国名家随笔丛书”、“中国文学排行榜丛书”、“中国小小说名家档案”（100 卷）等。

不仅是为了纪念

——“走向世界的中国作家”文库总序

野　莽

尚书房请我主编这套大型文库,在一切都已商业化的今天,真正的文学不再具有20世纪80年代的神话般的魅力,所有以经济利益为目标的文化团队与个体,已经像日光灯下的脱衣舞者表演到了最后,无须让好看的羽衣霓裳做任何的掩饰,因为再好看的东西也莫过于货币的图案。所谓的文学书籍虽然也仍在零星地出版着,却多半只是在文学的旗帜下,以新奇重大的事件冠以惊心动魄的书名,摆在书店的入口处引诱对文学一知半解的人。尚书房的出现让我惊讶,我怀疑这是一群疯子,要不就是吃错药由聪明人变成了傻瓜,不曾看透今日的文化国情,放着赚钱的生意不做,却来费力不讨好地搭盖这座声称走向世界的文库。

但是尚书房执意要这么做,这叫我也没有办法,在答应这事之前我必须看清他们的全部面目,绝无功利之心的传说我不会相信。最终我算是明白了他们与上述出版人在某些方面确有不同,私欲固然是有的,譬如发誓要成为不入俗流的出版家,把同行们往往排列第二的追求打破秩序放在首位，尝试着出版一套既是典藏也是桥梁的书，为此已准备好了经受些许财经的风险。我告诉他们，风险不止于此，出版者还得准备接受来自作者的误会，这计划在实施的过程中不免会遇到一些未曾预料的问题。由于主办方的不同，相同的一件事如果让政府和作协来做，不知道会容易多少倍。

事实上接受这项工作对我而言，简单得就好比将多年前已备好的课复诵一遍，依照尚书房的原始设计，一是把新时期以来中国作家被翻译到国外的，重要和发生影响的长篇以下的小说，以母语的形式再次集中出版，作为中国当代文学的经典收藏；二是精选这些作家尚未出境的新作，出版之后推荐给国外的翻译家和出版家。入选作家的年龄不限，年代不限，在国内文学圈中的排名不限，作品的风格和流派不限，陆续而分期分批地进入文库，每位作者的每本单集容量为二至三个中篇，或十个左右短篇。就我过去的阅读积累，我可以闭上眼睛念出一大片在国内外已被认知的作品和它们的作者的名字，以及这些作者还未被翻译的21世纪的新作。

有了这个文库，除去为国内的文学读者提供怀旧、收藏和跟踪阅读的机会，也的确还能为世界文学的交流起到一定的媒介作用，尤其国外的翻译出版者，可以省去很多在汪洋大海中盲目打捞的精力和时间。为此我向这个大型文库的编委会提议，在编辑出版家外增加国内的著名作家、著名翻译家，以及国外的汉学家、翻译家和出版家，希望大家共同关心和参与文库的遴选工作，荟萃各方专家的智慧，尽可能少地遗漏一些重要的作家和作品，这方法自然比所谓的慧眼独具要科学和公正得多。

当然遗漏总会有的，但那或许是因为其他障碍所致，譬如出版社的版权专有，作家的版税标准，等等。为了实现文库的预期目的，那些障碍在全书的编辑出版过程中，尚书房会力所能及地逐步解决，在此我对他们的倾情付出表示敬意。

2016 年 5 月 7 日写于竹影居

目 录

我本善良

1

吴美芳在里边服刑不觉已是一年，监狱里的春节也是春节，犯人们也要欢度一下，要会餐，要张灯结彩，还要演出犯人们自己编排的节目，分给吴美芳的任务却是去帮厨，去包饺子，另外几个帮厨的女犯人是有说有笑，而吴美芳却突然落下泪来。

“别哭，好好表现，争取减刑，到时候也许还能赶上你儿子的婚礼。”

旁边的一个女犯人对吴美芳说。

吴美芳哭得更厉害了，泪水打湿了手里正在包的饺子。

“再哭你那饺子都咸得不能吃了。”

旁边的另一个女犯人说哭有什么用？做人要硬气一些。

吴美芳再也忍不住，放下手里的饺子，掉过脸，开始号啕大哭。

2

去年冬天，虽然一年都没下雪，但在吴美芳的心里却是最寒冷的一年。八月到十二月，已经过去了四个多月，吴美芳再伤心也不得不接受那个事实，那就是她的大儿子翔宝为救马来亚的儿子把自己的一条命丢掉的事实。吴美芳的男人刘大宝，要吴美芳想明白一个道理，那就是翔宝的死实际上是替他们两个减轻了负担，“两个儿子现在只剩下飞宝一个，负担还不是减轻了一半？”不但如此，坏事变好事，如果真能向马来亚索要三十万赔偿，那套房子的钱也就有了。“我儿子的一条命换一套房也值！”刘大宝说。

吴美芳两眼睁老大，当即骂出口：“刘大宝你吃屎啊，居然能说出这种屁话！”

“好好好！”刘大宝说吃屎归吃屎，但这事可不能便宜了马来亚。

“谁说要便宜他？”吴美芳说那是我儿子的一条命！

“明白这个就好。”刘大宝说咱们翔宝本该活七十年、八十年，谁想他活了十五年就走到头了，这十五年你容易还是我容易，咱们把多少钱都花在他身上了，现在就像是竹篮子打水。刘大宝停停，喉结上去，又下来，下来，又上去，然后一句话才重重说出口：“就是打不上水，也不能把竹篮子丢了！”四个月来，刘大宝一直在做一件事，那就是又上网又查报纸，刘大宝现在心里有了数，出了这种事，马来亚那边最少也得给三十万赔偿。

那天，刘大宝说是要陪吴美芳出去散散心，硬拉上吴美芳去看了一回房子。房子在大正街靠近二纺那一带，属棚户改造，好不到哪里。但站在这里往远看可以看到北边的竹家山，还有山下那条日见窄细的平江。往下看，是大正街，街上热闹得很，既有菜市场，又有超市，买东西倒是方便，住在这里最大的好处就是可以天天到下边超市去买处理货，超市总是隔三岔五在快下班的时候处理掉一些过期食品，面包、蔬菜、肉类什么都有。除了离超市近这一大好处外，刘大宝拍拍阳台栏杆对吴美芳说这个阳台整天都能见太阳又是一大好处，我们农科所有的是种子，到时候在阳台上种七八盆蔬菜，不用花钱天天都有新鲜蔬菜可以吃。

吴美芳良久说出一句话：“住在这里，天天让我想儿子，我早死也算！”

刘大宝说：“你就当没生他。”

吴美芳叫起来，“生他的时候你当然不痛！”

刘大宝闭住嘴巴，心里说，女人生孩子男人当然不痛。

两个人站在阳台上一时无语，好一阵子刘大宝又指着南边让吴美芳看，南边是二纺，紧挨着二纺是那一大片苏联楼，那苏联楼的岁数恐怕要比吴美芳都大，现在也要拆了，住户在秋天的时候都已经陆续搬走了，门窗都已被人卸掉，房顶上那个大水箱的盖子打开着，有七八只鸽子在上边落着。

“可惜那大水箱搬不下来，搬下来做个储藏室倒不错，能放许多东西。”刘大宝说。

吴美芳把脸转向那边，房顶上的那个大水箱真是不小，像间小房子。

“美芳你再看那边，我们农科所的那栋楼据说也要拆了重盖。”刘大宝又往北指了指，农科所就在大正偏街，马来亚的水产店也在这条街上。

“那家伙明天晚上想请咱们吃辣火锅嘎鱼。”刘大宝说。

“我不去。”吴美芳说。

“你不去他未必就能省下。”刘大宝说。

“别说吃饭，说能给咱们多少赔偿吧。”吴美芳说。

3

马来亚这天订的饭店就在平江边上，饭店老板是马来亚的同乡，在那里吃饭，马来亚可以多打一些折。晚上的饭局刘大宝一个人去了，回来的时候却比往日早得多，进门怒气冲冲，换鞋的时候弄出很大动静，“扑通”一只，“扑通”又一只，然后一头钻进连一平米都不到的卫生间。刘大宝在里边一边小便一边说我一个活蹦乱跳的儿子难道就值他妈四万！简直是笑话！想不到马来亚这家伙打这种溜水主意！

正在收拾厨房的吴美芳当即吃一惊，“怎么说?”

刘大宝的火儿一下子就冲了上来，“马来亚只想给四万。”

“那是我儿子的一条命！又不是别个什么可以随手就捞到的东西。”吴美芳说。

“说来说去还不怨你，让翔宝下去救人，现在这社会，别说江里，就是井里掉一个人下去，围一大堆人在那里看也不会有人下去搭一把手！偏你心里记着马来亚是你的师兄!”

“臭马来亚!”吴美芳一屁股坐下来，胸口那里已是一片波澜起伏。

刘大宝摇摇暖瓶，“他不说四万我这三十万还不好说出口，他既然敢把四万说出口，这三十万我跟他要定了，一分也不能少!”

“我翔宝在红领巾歌唱团唱那么好歌，谁见了不说是当明星的料子，要是当了明星，拍一个电影要多少钱。”吴美芳说就这个臭马来亚，还有资格当我的师兄。

刘大宝把暖瓶往桌上一蹾：“不说别的，养一个儿子，只说喝奶粉，一个月三大桶是多少钱？还不说当爸当妈的夜夜起来点灯熬油。”

吴美芳说：“再加一笔雇保姆的钱在里边，他知道不知道现在雇一个保姆要多少钱?”

“那我妈就是保姆啦?”刘大宝说。

“当然是，翔宝给你妈一看就是五年，你妈不是保姆又是什么？再说保姆也是人做的，我现在还不是天天给人做保姆?你看看我这双手。”吴美芳把自己的一双手伸出来，手上贴了不少白胶布，下岗以来，吴美芳试着做过许多的事，卖过玉米，还开过一年多电梯，但后来她还是选定了做保姆，做保姆虽然辛苦，但相对也挣得多，从早上一进人家门就不停地洗洗涮涮，又是做粥，又是做汤，那一大堆屎尿布永远是你的，这一堆还没干，那一堆又堆在了那里。还要给小孩儿洗澡，又怕把小孩儿屁股给沤了，洗一次要拍一次粉，粉拍多了，这家的男主人那一次居然还问，一大盒粉怎么转眼就没了？吴美芳那天也没好气，说是我吃了！香喷喷的好吃！那家男主人是报社的，脑袋比一般人好使，再说现在保姆不好找，一般人谁敢得罪保姆，那男主人笑一笑，马上把问题扯到自己身上，只说是自己就是闻不得痱子粉的味道，是过敏，鼻子不舒服，鼻子一不舒服晚上就睡不着觉。他还和吴美芳开了一个玩笑，说吴美芳果真会吃痱子粉他那里马上就去给吴美芳申请吉尼斯。

“马来亚这家伙简直是开他妈国际玩笑！”刘大宝说。

吴美芳拿支笔过来，又找了张纸，两口子又重新算了一下，一项一项加过来，再一项一项加过去，加得让人有点头大，刘大宝拍拍桌子对吴美芳说，“根本就不用再加来加去，现在出车祸丢条人命都得三十万，咱这事说到天边也不能和出车祸一个价，咱们得跟他要四十万！”刘大宝停停，又说：“不过，你说马来亚到什么地方去找四十万？”

“你怎么不说说咱们到什么地方去再找个漂亮儿子回来？”吴美芳说。

刘大宝说：“对，钱可以到处去找，儿子到什么地方去找？”

刘大宝去了厨房，开煤气烧水。

“就跟他要四十万！”刘大宝在厨房里说。

4

这天晚上，刘大宝和吴美芳都有些失眠，刘大宝和吴美芳现在睡觉都很轻，心里一有事就更睡不着，两个人翻过来翻过去，翻过去翻过来，时间一点点过去，横竖睡不着，刘大宝坐起来抽了好一阵子烟，外边不觉天已大亮，下边的25路公共汽车喇叭已经响成了一片，远处江上的汽笛也一声一声传过来。飞宝上学之前要吃早饭，吴美芳干脆不再睡，披头散发起来去做饭，厨房小，碰东碰西，叮叮咣咣，煮了粥，热了馒头，打发飞宝吃了去上学。看看墙上的那块饭碗大的电子表，吴美芳也到了该走的时候，便忙着又去洗脸梳头，此刻突然有人在外边敲门。

刘大宝一步跨出卫生间，一边系裤子一边开了门。

站在外边的是刘大宝的父亲母亲。

“好家伙!”刘大宝说，“你俩儿也不告诉我一声，这么早？赶头趟车?”

“头趟车人少，我们就来了。”刘大宝的父亲说。

按照惯例，年年过年都是刘大宝先把过年的东西往乡下父母那里送一回，然后再回来过年，今年不一样了，刘大宝家里出了这样大的事，做父母的在乡下待不住，把家里的一摊子留给刘大宝的姐姐，他们就来了。刘大宝的母亲一进门又是老泪横流，对刘大宝说要是我翔宝在，早就会跑过来问我长问我短，刘大宝的父亲一进门就忙着找地方去挂他的腊肉，在阳台上说要是翔宝在，还用我踩着凳子够这个高。

吴美芳忙把刘大宝一把拉到另一间屋关上门说话：“这么大的事怎么不告诉我一声。”

“我也不知道他们要来。”刘大宝小声说。

“是不是要住在这里?”

刘大宝说，“笑话，还能住到天上！还不是为了你，怕你今年过年难过他们才来。”

吴美芳说过年还早呢，两间房怎么住？

刘大宝说我爸妈也是好意，挤一挤还不冷清。

吴美芳说你知道不知道我心烦，我就想一个人安静安静。

刘大宝不愿让吴美芳为这事生气，把话放软了，“不就是早来了几天，过年还是人多的好，再说那是我爸妈，我爸妈是想孙子想得颠三倒四才这么早来了。”

吴美芳不好再说什么，“那就算了，让他们住到初五。”

刘大宝叫了起来，“他们把东西都带到这边，初五你就让他们走，剩下的年让他们回去怎么过？跟谁过？”

吴美芳说到时候可不要说我不侍候，我做事那家只给我放五天假，过了初五我就得去对付那一大堆屎尿布，嫁你这种男人，我来例假两只手都得冷水里来冷水里去。

刘大宝忍不住笑起来，小声说有例假就有希望，不妨再生一个，我一搞一个准。看吴美芳的脸色不对，马上把话题一转，说笑话归笑话，就连那五天也不要你做事，有我妈呢，你好不容易在家里休息五天，你就摆开谱好好休息，现在离过年还有十多天，咱们明天就去找马来亚。

“最少也得这个数儿！”刘大宝伸出四个手指。

5

马来亚这几年一直在搞水产品，和小舅子两个人早起晚睡，身上的鱼腥味走到哪臭到哪。连马来亚的大儿子马勇去上学，同学们都不愿和他坐一起，都嚷腥臭，老师来家访，说你们做家长的是怎么搞的？学生个人卫生是要注意的。马来亚的小店西边是一家小澡堂，再过去，就是“棒哥鸭脖店”，吴美芳和马来亚的师傅国字脸就在那家鸭脖店做事，再过去，是“老正泰”，再过去，又是一家卖粽子的，街不宽，两边又都是做买卖的，再过十多天就要过年，这里到处是人。吴美芳随刘大宝去找马来亚，马来亚正在帮顾客挑螃蟹，卖水产真是没什么好，又累人又腥臭，马来亚早想不做这一行了，但让他改行去做别的他又想不出自己能做什么，所以一直做到现在。

马来亚大老远看到吴美芳和刘大宝了，站起来招手，“里边，里边。”

站在一边买蟹的顾客说，“把那一只拿出来，把那一只拿出来，那是不是只死蟹？听说死蟹都会在你们手里动来动去，我可不要死蟹。”

“请便，请便。”马来亚说你自己挑，出门死了不能算我的。

“夹不夹？”这个顾客说。

“你吃它还怕它夹。”马来亚说，把一把椅子给吴美芳“吱”地推过来。

吴美芳坐了下来，椅子旁边是那张桌子，桌子上是一台秤，台秤脏哩吧唧，马来亚平时就坐在这张桌子边给客人过秤收钱，钱放在桌子的两个抽屉里。从他这里找出的钱都有一股腥臭味。马来亚的店不大，地上都是一个又一个的方形塑料盆，里边是各种的鱼，鱼身上都压着些冰块，这样鱼就不容易早早坏掉，当地是放鱼的盆，两边又都是各种干货，鱼干虾干什么的，腥不腥臭不臭的。马来亚和吴美芳原先都在农机上班，厂子不景气，他们脑子活络，都早早提前内退，还拿到一笔钱，刚退那几年，马来亚没了事做就帮着一个朋友跑水货，后来就入了这个行，知道去什么地方接货，去什么地方弄冰，知道什么时候什么饭店会要什么鱼，哪怕是一条，马来亚也会骑着车子马上给送去。马来亚还常常把卖不掉的烂鱼烂虾拿来送吴美芳，刘大宝又最喜欢用这些臭鱼烂虾下酒，有时候马来亚还会和刘大宝在一起喝几盅，关系处得要比一般人好，要不是这样，吴美芳那天也不会要儿子下水去救马来亚的儿子。

吴美芳坐下来，看马来亚跳过来给顾客找钱，抽屉里，乱糟糟都是零钱。

“你来我心里就不打鼓了。”马来亚笑着对吴美芳说我马上就给你去取。

“取什么？”吴美芳说。

“取那四万，大宝昨天没喝多吧？”马来亚说。

“当然没喝多！”刘大宝在一边把话接过来，“再滥喝还对得起我翔宝!”

马来亚迟疑了一下，心里有了事，湿手点一支烟，对吴美芳说：“我知道四万是不多，但卖鱼卖虾确实挣不了多少。”说完这话，两眼看了一下刘大宝。

吴美芳说：“你别看他，他脸上没算盘，我一个儿子的命赔给你，不能那么便宜。”

“那你的意思?”马来亚说。

吴美芳说不妨把你那个数字再乘一下十。

马来亚吃了一惊，大叫一声“乖乖!”

“这个数，再乘以十!”吴美芳把四个手指伸出来。

“不会吧?”马来亚说吴美芳你也不看看风水，就这小店一年也挣不到五万，我要是能够挣一百万，我肯定马上会给你四十万，到时候六十万都行，可我到什么地方去挣四十万?

吴美芳已经把那张纸从口袋里掏了出来，“现在街上撞死个人你知道不知道都要给三十万！精神损失费就不提了。”吴美芳回头看一下刘大宝，又对马来亚说：“你也知道翔宝出事后我公公婆婆住了多长时间医院，这笔钱我们也没有算在里边，你知道不知道钱可以买到许多东西，但就是买不到人命。”

马来亚接过那张纸，马上叫了起来，“你公婆看孩子都来这里要钱?”

“这话你算是说对了。”吴美芳说那是公婆的意思，他们一把屎一把尿把翔宝拉扯到五岁花多少心血，他们原指望孙子长大孝顺他们，这会儿孙子没了，他们当然要把这笔钱一是一二是二地算回来，就像是打麻将，既然赢不了，未必把底钱也都赔进去。

马来亚却突然笑了起来，“你们两个又不是不知道我有多大能耐，我要有四十万我还来这里卖烂鱼臭虾？不要把事情变成这样好不好？”

“你说变成哪样好？”吴美芳说。

“你说的这个数，就怕我一辈子都挣不来。”马来亚说。

吴美芳说这种事再拖下去也没什么意思了，我丢了一个儿子，可你两个都在。

“你是对谁说话啊，你是对我啊。”马来亚点着自己鼻子说。

“当然是对你！我知道你是我师兄。”吴美芳说但我更知道我儿子是为了救你儿子把自己的一条命都没了，你知道不知道那是我儿子！

“你还不知道我有几根筋。”马来亚说。

“我眼泪现在都没了，懒得跟你这个师兄说别的。”吴美芳站了起来。

看着刘大宝和吴美芳从小店里出去，马来亚都有跳起来的冲动。

这时有人进来买蟹腿，待在那里发愣的马来亚却把一盘皮皮虾推过来。那个顾客说老板你听明白没听明白，我是要蟹腿，蟹腿知道不知道？蟹腿——

“一条人命怎么就会要四十万？”马来亚突然对这个顾客说。

这个顾客给吓了一跳，看看马来亚，一下子从店里跳出去。

马来亚的小舅子正巧拉了一车包装带鱼回来，问马来亚，刚才那顾客怎么像是被狗咬了一样，跳出门就跑？是不是趁你不注意偷了什么东西？

马来亚心里是一团乱麻，说吴美芳刚刚来过，“想不到她会这样！”

马来亚的小舅子说吴美芳什么意思？不是答应给她四万？

马来亚说倒不如她儿子不来救马勇！吴美芳要的是四十万！

马来亚的小舅子在心里飞快地算了一下，说：“姐夫你去对吴美芳说，问她同意不同意你去抢银行！”

“抢银行是以后的事！”马来亚说现在最最重要的事是先别让你姐知道。

马来亚的小舅子说我的姐我知道，你放心，碰到这大事她肯定会站在你一边。

马来亚说恐怕这个年真没法过了。

“找国字脸去说说？吴美芳好像是蛮听他的。”马来亚的小舅子说。

6

从马来亚那里出来，吴美芳去母亲家吃饭。

吴美芳昨天晚上已经安顿了飞宝要他下学就过到姥姥那边去。吴美芳的父亲以前是做教员的，退休已经多年，吴美芳的母亲是百货商店的售货员，现在给一家私人公司做兼职会计。这天是吴美芳老爸的生日，年年每到这一天全家都要在一起吃一顿饭。吴美芳给她老爸定了一块蛋糕，原来说好上边要有“生日愉快”四个字，想不到蛋糕上的字却弄成了“节日愉快”，要重新做还得好一阵子。“管它什么字，吃到肚子里横竖都是四个字。”刘大宝说你老爸也未必看，哪有那么多时间再等。

已经过了十二点，饭菜早已端整好，吹过生日蜡烛，一家人坐下来吃饭。

排骨汤端上来，吴美芳的母亲先给刘大宝舀一大碗，吴家就刘大宝这一个女婿，十多年过来对他还像对客人。吴美芳的母亲问了一句："马来亚那边的事怎么样？"

刘大宝嘴里已塞了一块排骨，含含糊糊说，"上午刚去过，正在解决。"

吴美芳的母亲把脸又掉向自己闺女，"怎么个解决法，能给多少？"

"已经拖了四个月了，也不在这一天。"吴美芳说。

"这种事不能再拖，拖到后来就怕拖黄了。"吴美芳的父亲吴老师说你们知道不知道什么是趁热打铁？这种事要趁热打铁。

"给多少定了没有？"吴美芳的母亲又问。

"他们给多少我不管，我和大宝商量好了铁定跟他们要四十万！"吴美芳说。

吴美芳的老爸老妈当即有些发愣，吴老师停下筷子："四十万，是不是太多了？就那个马来亚，不是我小瞧他，他去什么地方弄四十万？他爸也不可能给他留下多少。"

"四十万还多？"吴美芳说那是我儿子的一条命，我儿子未必就只值四十万？

吴老师说我不是那个意思，"钱这种事，就像是几个朋友在一起打麻将，你少赢几个还有人给你，你要是连坐七庄八庄赢大发了，到时候恐怕你连一分钱也摸不到。"

刘大宝一挺脖子把嘴里的一口饭咽下去，"爸妈你们知道不知道现在街上撞死一个人最少也得给二十万？”

吴老师说这种事倒没听过，“撞死人还有规定？”

刘大宝说当然有规定，“撞死城里人是三十万，撞死乡下人是二十万。”

吴老师最听不得这话，一下子火儿了，一拍桌子，说放他妈狗屁！乡下人的命就比城里人的贱？这是什么狗屁的规定！再说，吴老师看定了女儿女婿，说翔宝的事又不是撞车，电视台和报纸都登了，你们都风光过了，你这时再向人家要四十万好不好交代？吴老师说我不是说翔宝不值五十万，我那外孙给一百万也怕是没处去找，我是说就那个马来亚他去什么地方找一百万？况且他又和你是一个师傅。见女儿和女婿不说话，吴老师又问：

“那个马来亚的意思呢？”

吴美芳说马来亚只想给四万，“哪有这么便宜的事！那是我儿子的一条命！”

吴美芳的母亲这时说了话，说她当会计的那家老板，最近买两条金龙鱼，“你们猜猜是多少钱？肯定你们加起来也猜不到。”

刘大宝不养鱼，自然不知道一条金龙鱼要多少钱，吴美芳对这从不感一点点兴趣，却忽然说：“马来亚现在就是个卖鱼的。”

吴美芳的母亲一撇嘴，说就那个马来亚，“他卖一万条鱼也没人家一条值钱。”

吴老师说我就不信一条敢跟一万条相比，你当了一辈子会计到底学过数学没有。

“人家一条金龙鱼就六万！一尺半长，金闪闪就像是金子做的。”吴美芳母亲说。

吴老师火儿了起来，又一拍桌子，说现在这社会不完蛋还等什么，居然有人花六万块钱买一条养来看的鱼！鱼再好看，能比吃饭重要？人要是饿了来两碗米饭就能解决问题，放一条金龙鱼在那里再金光闪闪我看也是个狗屁。

刘大宝马上来了精神，说人家买一条鱼都要花掉六万，你们二老说说你们的宝贝外孙把一条命搭在里边，要他四十万多不多？

“你说他去哪里找四十万？”吴老师说。

“他兄弟给他个零头够他快活一辈子。”吴美芳说就他那个兄弟马来好，在北京炒房子一过手就是七八套，转手一炒鬼知道挣多少！

吴美芳的父亲和母亲互相看看，忽然都没了话。

“有钱不孝顺还不如没有钱。”停了一会儿，吴美芳的母亲说起马来好来，有钱不晓得把他母亲接过去，他父母还不是跟着他哥马来亚，还不是给马来亚看孩子做饭！吴美芳的母亲说马来亚的母亲打麻将的时候都带着马来亚的老二。

“自己光顾着看手里的牌，让一个五六岁孩子在街上到处乱跑。”

“看孩子就不要打麻将，打麻将就不要看孩子!”吴老师说。

“把孩子给这样人看真是让人不放心。”吴美芳的母亲说。

吴美芳忽然想起那天自己去买洗衣粉，看到马来亚的老二马强居然和几个比他大的孩子跑到了大至街，把商店门口的水泥扶手当滑梯玩，上来下去，上来下去好不危险，还是她把马强一路抱回去送给了马来亚的母亲，马来亚的母亲当时牌风正盛，一脸的不开心，说强强在那里天天打滑梯玩玩惯了，走不丢的。

吴美芳心里想着事，把一块蛋糕切得七零八落。

飞宝拿了一块蛋糕吃着，忽然说:“咦，怎么是节日快乐?”

“你外公的生日就是最最重要的节日!”吴美芳说你怎么连这个都不知道。

吴美芳的老爸吴老师却笑了起来，“好，我生日都变成节日了!”

“您的生日就是咱们家最最重要的节日!”刘大宝说。

“你什么时候嘴学这么乖。”吴美芳说。

“只要你高兴我会要多乖有多乖。”刘大宝说。

“你不知道，我把四十万这个数说给马来亚时身上有多么舒服。”吴美芳对刘大宝说昨天晚上我还不知道该怎么开口，“这种事，原来只要一说出去，身上硬像是舒服了许多。”

“四十万我看还真是有点多。”吴老师又说。

“现在的事，你知道什么?”吴美芳的母亲说。

吴老师又不高兴了，说，“我天天在看报!”

“报纸上有几句真话?”吴美芳的母亲说那上边恐怕只有日期可以相信!

7

晚上，有人在外边“笃笃笃笃”敲门。

吴美芳嫌婆婆灶台擦得不干净，正在重新擦，她喊一声，“刘大宝！开门!”

刘大宝正在蹲厕所，他喊一声：“飞宝！去开门!”

飞宝正在写作业，说，“我有开门的时间一道题又做完了。”

刘大宝只好提起裤子去开门。

站在门外的是吴美芳的师傅国字脸，一只手提了三袋水果，一只手拿了一串钥匙。国字脸虽说是师傅，但比他的徒弟吴美芳还小两岁。他当年在农机厂带了两个徒弟，吴美芳之外就是马来亚。国字脸的日子现在很不好过，儿子要考初中，学习又不好，想上重点中学又要花一大笔钱。国字脸现在在大正街的鸭脖店做鸭脖，天天早上四点起就得把鸭脖下锅，一直要干到十点钟，为了多挣些钱，晚上又揽了送货的事，哪家饭店要鸭脖他就马上去送，上午干五六个钟头，晚上再干五六个钟头，有时候送晚了干脆就不回家，凑合在煮鸭脖的地方睡一觉。这样忙来忙去一个月才将近挣一千多。马来亚对国字脸说过不止一次，说与其你这样没日没夜给别人拼命，还不如自己开一个鸭脖店，租那屁大的门面也花不了多少钱。国字脸说倒不在乎钱多少，自己是没勇气，“一想到工商税务市政管理不但头痛连鸡巴都发胀。”马来亚听了这话就笑，说你头痛可以理解，你鸡巴发胀就不太好理解。国字脸说我鸡巴发胀是想操工商税务的老婆！

国字脸从外边进来，朝厨房探一下头，“你灶台上的油渍恐怕都有半吨重！”

吴美芳把抹布一掷，不擦了，“想不到农机塌了想找点火碱都不行。”

国字脸说擦它干啥，从窗子扔了它。

“你来还买什么水果？发财了？”吴美芳说。

国字脸不必对吴美芳说谎，他说这水果其实是马来亚花的钱。

“马来亚？他搬你当救兵？”吴美芳说。

“只是不知道我能不能救他？说实在的，一个人混到离十米就能让人闻到他身上的臭鱼烂虾味儿也不容易。”国字脸笑着说现在真是一代不如一代，老子是总工，儿子是个卖鱼郎！

“现在谁容易，人人都不容易。”刘大宝在厨房里说。

国字脸朝另间屋看看，小声说，“那是大宝的父母？今年过年在一起？”

刘大宝的父亲和母亲这时正在屋里看电视，飞宝在一旁写作业，写写看看，看看写写，电视里的光把三个人的脸一晃一晃，绿一下红一下。

“当然是他父母。我父母打死也不会来我家凑这个乱。”吴美芳小声说。

“也不错，有人给你做做饭。”国字脸说。

“卫生间臭得都进不去人了。”吴美芳小声说。

“你拉屎不臭，是香的？废话！”刘大宝在厨房里说。

刘大宝从厨房把茶水端来，“别人送的普洱茶，硬是像土的味道。”

“这年月有人送你泡屎也算是好事。”国字脸笑着说。

吴美芳想知道马来亚那边说什么，便过去把那间屋的门关了，关好门，吴美芳忽然想起问国字脸吃了饭没有。

国字脸说：“待会儿到我妹妹家吃。”

吴美芳说厨房里有面，干脆给你下一碗？还有点腊肉，中午刚蒸好的。

国字脸说我妹妹也还没吃呢……

“算了算了。”刘大宝在一边说一碗面你吴美芳也好意思请人吃，下次吧，不过现在吃饭也不算个问题，随处都可以解决，下边那家担担面就很好，现在什么都改革，担担面里还可以加一颗鸡蛋。多少年来，刘大宝在心里一直怀疑国字脸和吴美芳的关系是不是太亲密了，所以每见到国字脸刘大宝心里就总是有那么点别扭。

“那我就不煮了。”吴美芳说。

国字脸说马上就得走，“老婆在家自己刷房子，还不知现在她累得能不能直起腰。”

吴美芳坐下来，说马来亚是什么意思？

国字脸不准备多待，就开门见山，说下午马来亚来找过他，还给了他一百，要他过来给说说情，大家毕竟师徒一场。国字脸喝了口茶水，说好笑不好笑，马来亚还给了我个单子。国字脸把那张纸从口袋里掏了出来，看看吴美芳又看看刘大宝，但他还是把那张纸递刘大宝手里，纸上密密麻麻写了些细账。主要内容是马来亚和李小榕天天都进多少货，什么鱼什么鱼进价多少钱，卖价多少钱，带鱼、黄鱼、白鱼、青鱼、梭子鱼、石斑鱼、虾，这个虾那个虾，一个月能卖多少，一年卖了多少。

“想不到世上会有那么多种鱼。”国字脸说你看像不像是进货单？

刘大宝把那张纸递给吴美芳，“马来亚的意思是？”

“还能有什么意思？”国字脸说现在想挣点钱谁都很难。

吴美芳问国字脸：“我一个活蹦乱跳的儿子你说值多少钱？”

国字脸原来还想劝劝吴美芳少跟马来亚要一些，这会儿他的主意变了，人命的事从来都不好说，谁敢说一条人命值多少钱？吴美芳的儿子翔宝救马来亚的儿子丢了命在这个城里是一大新闻，电视台也播，报纸也登，吴美芳和刘大宝什么时候上过电视，这件事很让他们在电视上风光了一下。马来亚说吴美芳这边一开口就要四十万的事着实让国字脸吃了一惊，但仔细一想又不怎么吃惊了，国字脸最近正在给儿子办重点中学的事，跑来跑去简直好像是给自己上了一课，国字脸的儿子的学区在十六中，要是想去五中上学光择校费就得给五万，这五万还没把给个人的好处费算上。如算上好处费，光上一个中学就得七万。

国字脸对吴美芳说我只管完成我的任务，“这张纸我送来就是，别的我说不来。”

刘大宝说建国你再喝水，“我儿子一条命，跟他要四十万不多吧？”

国字脸看着刘大宝给茶杯里倒水，他不准备再说什么，但嘴里还是又说了一句："现在钱真是不值钱，我儿子上初中光择校费就他妈七万。"

"妈的！"刘大宝马上把话一接，"那四十万又算什么。"

"四十万多不多？"吴美芳说。

"那看怎么说。"国字脸说。

"交警那边，现在轧死一个糟老头子都要三十万。"吴美芳说。

"按说四十万也不多。"国字脸说。

"那他搬你这个救兵做什么？马来亚这个王八蛋！"吴美芳说。

国字脸心里还是忍不住："你不知道李小榕这几天正和马来亚闹别扭？"

吴美芳说这又不是什么新闻？马来亚还不是李小榕的脏话马桶！

国字脸想想还是没说，要是说出来，恐怕就更没意思。又喝一口水，国字脸还是管不住自己那张嘴，"还能闹什么？还不是为了那四万。"

"四万李小榕还闹？嫌多还是嫌少？"刘大宝马上说。

"这还要问！"国字脸说给别人钱还有嫌少的，傻×也未必这样！

"四万李小榕还嫌多！"刘大宝几乎要跳起来，"她清楚不清楚老子要的是四十万!”

“那是我儿的一条命，我儿未必连个糟老头子都不如。”有两团火从吴美芳的眼里一下子跳了出来。

国字脸不再说话，他觉得自己此刻再说什么都不合适。国字脸在心里算了一下，就那四十万，马来亚如果一年收入四万得白干十年，一年收入五万得白干八年，一年收入八万也得白干五年!

国字脸把茶杯里的水喝干，告辞，下楼。

8

马来亚想不到吴美芳那边一点点都不肯融通，一口咬定了四十万。

马来亚的老婆李小榕已经为了那四万在家里闹了一星期，要在往常她还会闹下去，不但闹，也许还会适时地住几天医院。好像是习惯了，每到快过春节的时候她就要和马来亚生气，不如此好像就不过瘾，或者就再住几天医院。所以每到快过春节的时候马来亚心里就总是很紧张。那天马来亚一说从银行里取钱给吴美芳李小榕就跳了起来

“吴美芳还想要什么？还想要什么？你说说她吴美芳还想要什么？上了一次电视又上了一次，上了一次电视又上一次，几乎把自己弄成了名人！还不说报社给她儿子评了一个十佳少

年，那两万奖金她也拿到手了！她吴美芳还想要什么？一个人，未必想把天底下的好事都占全！”

李小榕的话其实就是张秋月的话，张秋月的好朋友给李小榕出主意，说四万虽说不多，但这种事你就是不能痛痛快快地给，你这边痛痛快快吴美芳那边就会得寸进尺，这种人，什么好处都想占，你偏偏不能让她痛痛快快占这个便宜！

“话不能这么说。”马来亚说吴美芳儿子毕竟是为了救马勇才丢了一条命。

“我也没说他没救啊？”李小榕说你说这话什么意思。

“那就要知恩图报。”马来亚说。

“她让我随着去电视台我去没去？”李小榕说。

马来亚说：“你又要往什么地方扯？”

“报社记者采访我好话说没说？”李小榕说。

马来亚说你什么意思？别又陈谷子烂芝麻一大堆，说我和她不清白？

“那是你的事，你自己肚子里清楚，还有就是那张床清楚。”

“哪张床？”马来亚说。

“谁知道哪张床？”李小榕说。

“你给我说清楚是哪张床？”马来亚说。

“不说清楚又怎样？”李小榕说不是我和你生气，是我见不得吴美芳这种人，俗话说打了不罚，罚了不打，这句话可以有另一种说法，那就是要了脸面就别再要钱，要钱就别要脸面。

“这才四万。”马来亚说。

“四万，你有几个四万！你老子又没开银行！”李小榕说。

“救了咱马勇的命，要了人家翔宝的命，四万还多？”马来亚说。

“你有几个四万？一百个？一千个？”李小榕大声说。

马来亚不想和李小榕斗嘴，他知道李小榕有本事把事越搅越大，马来亚说人家为救咱们儿子一命，还把命贴上了，你说该不该表示吧？

李小榕眼睛一眨，看定了马来亚，“是吴美芳那边硬要还是你要主动给？”

马来亚说这种事，人家不要会主动退回来，但你不能不给。

“呸！还能给你退回来，还是你想给。”李小榕认定了是马来亚要主动给，李小榕这么一认定，火气又就跟着上来，脸色一下子就变得很难看，恶毒话跟着就来，李小榕说，“还是你这个水产老板大方，但你要大方到点子上来，我弟弟怎么说也是给你打工，一个月你给他两千块钱多不多？你怎么不想想给他加一点薪？你一个月再给他加一千块也不过是一年一万多一点！告诉你，你大方也要大方到我这个点子上！不能大方到吴美芳那个点子上去，未必她那个点子就比我这个点子好。”

“哪个点子？什么点子？”马来亚说。

“谁知道哪个点子，你还不知道哪个点子？”李小榕说。

马来亚想笑，说刘大宝这几天连着打电话，“话里话外那个的意思谁还听不出？年前就要，少了都不行。”

“他怎么说，你一句一句告诉我。”李小榕说我看看首先是不是你脑子出了毛病？

“咱得一条命，人家丢一条命，你到处去问问，四万多还是少？”马来亚说。

李小榕叫起来，“把我给了他够不够？我照样给他生一个，也许比他那个都好！”

马来亚笑出来，是苦笑，他这张嘴从来都说不过李小榕。

9

马来亚说不过李小榕，他最怕李小榕那张嘴，为这事，马来亚去找李小榕的哥哥李小猛，李小榕最听她哥哥的话。李小猛在顺城街那边开了两家棋牌室，年头岁尾生意萧条，整天闲着没事养水仙，水仙养得好，还不到春节却都早早开掉，让人觉得有些着三不着四。李小猛为人虽然有些歪，但还算通情达理，妹夫来找他，他不能看着不管，他打电话让妹妹李小榕来棋牌室一趟。

“什么事要我去。”李小榕说就你那个棋牌室要冻死人。

“冻不死的，新安的空调好得很。”李小猛说你是我妹，我未必连我妹都叫不动？

“又是马来亚搬你这个救兵！”李小榕说我是心疼他，辛辛苦苦挣多长时间才能挣四万，你不知道马来亚卖鱼卖虾多辛苦，一双手都烂了。

李小猛说你先过来，过来再说，“看看我的水仙。”

李小榕打了出租车去顺城街，一进棋牌室就忍不住大笑，棋牌室里那七八盆水仙早已开得七零八落。“你是不是早早把年过了，你看看你这水仙像不像歌厅里的老小姐，看都没人看。”李小榕说。

李小猛也笑，说未必养水仙就非要它在春节开，“我这也算是领先一步，怎么样，谁规定不让我领先？”

李小猛和妹妹李小榕说说笑笑，然后才把话转到正题上。李小猛对妹妹说人家吴美芳的儿子为救你儿子连命都搭在里边，你还想要咋样？你到交警那里问问，现在撞死个人要多少钱？就上个星期，周小东的棋牌室有个老头打牌摸到一条龙兴奋过头一下子当场死掉，周小东还不是一下子赔人家十万？那老头死不死又跟他有多少关系？自己打牌兴奋死掉都要十万赔偿何况这种事？

“你这才是四万，怕连别人的零头都不够。”

李小榕眨眨眼忽然笑了起来，她一下子想到马来亚的老妈，天天在那里打牌，但她千万可不能现在就死掉，毕竟老二强强还要她来看。

李小猛问妹妹笑什么，李小榕笑而不答，李小猛点着妹妹的鼻子说，“说实话，你就不是个省油的灯，马来亚人说来还不错，上次我棋牌室里打架要不是他出手我还说不清是挨几刀，就看他替我胳膊上挨那一刀的事，你也不能跟他无理取闹。”

“他好不好我还不知道？”李小榕说我是笑你说的那老头给自己找了个好死，还给儿女挣了最后一笔大钱，上年纪人有这样的死法算是一件大好事，总比在床上躺一年半载把屁股烂掉好，马来亚的老妈也整天在那里打牌，打到一定时候也这样一下子死掉最好，到时候她不难受我也不受累还挣一大笔钱。

李小猛说我都知道你心里在想什么。一定时候？什么一定时候？恐怕要到马强长大？你想什么你以为我猜不到，但最好不要再死到棋牌室，要知道你哥是开棋牌室的，要那样谁还敢来棋牌室，要死最好死在老头老太太跳舞的公园露天舞厅。

“马来亚他老妈又不会跳舞。”李小榕说。

李小猛说这倒是个难题，不喜欢跳舞你给他发工资他都不肯去。李小猛忽然把话说到马来好的身上，说你那小叔子说实在的真是个天字号大混蛋，挣那么多钱也不懂让他老爸老妈去享福，这种人到死都不得人们说个好字。李小榕也听不得人们说她的小叔子，一说便来气，李小榕想让马来好把自己的弟弟弄过去跟他一起跑煤的生意，这事说了好长时间，马来好根本就不睬。马来好其实对自己父母很好，给他们买房子他们不去住，说住不惯那种小区，给他们钱他们倒是收下，都一笔笔存了起来，平时连一分一毛都不舍得往出拿。最最可气的是马来亚，再穷也都不肯向他兄弟张口。

“吴美芳那边的事你不要太让马来亚为难，这钱你肯定得给。”李小猛说如果是你呢，如果是你儿子救人没了命，我看你一百万都敢开口要。

李小榕说确实如此，但一想这钱是要给吴美芳她心里就不高兴，“人们都说她和马来亚在一个厂子上班的时候好得了不得。”

“就是上过床又有什么了不起？还不是那老一套，又没什么新花样。”李小猛说再说你未必就是个淑女，真有那事你又能咋样，马来亚人挺好，有你这厉害，我看他不敢做那事。

“吓死他，敢做这种事！”李小榕说。

“再怎么说你公公当年也有头有脸，不可给他丢人，你识相点，那是你儿子的爷爷。”李小猛说。

李小榕被他哥说通了，心里想想也是，要不是吴美芳的翔宝下水救自己的马勇，马勇早就没了命，是吴美芳的儿子把命给了自己的儿子。虽然想通了，但她还在那里憋着，她已经习惯马来亚给她说好话。快过年了，李小榕和两个儿子在家里说说笑笑，但只要马来亚一回来，李小榕的一张脸马上就放下来。

10

马来亚没了主意，原先以为四万可以把吴美芳那边摆平，想不到吴美芳开口就是四十万，这几天，马来亚一直闷着不说话，不知道该怎么对李小榕说，他知道李小榕的脾气，想说的时候她自然会找你说，她不找你你找她只会把事情搞得更糟，在心里，他更恨吴美芳，想不到她会这样，还是不是老农机的人！还是不是师兄妹！

"我问你，是不是她吴美芳自己叫她儿子下水救人？"这天，李小榕忽然开口问马来亚。

正在吃饭的马来亚抬起头说是呀，什么意思？

连李小榕自己也不知道自己突然问这句话的意思。

"又没人强迫她！那是她自己愿意。"李小榕又来了一句。

马来亚好像给什么呛了一下，脖子顿时憋得老粗。

"你这么说话怎么好像连一点点人味儿都没有。"马来亚说。

李小榕愣了一下，她不知道马来亚是从什么地方借来的胆子，竟敢这样和她说话，她一下子跳到马来亚的眼前，伸出手，指着马来亚的鼻子，但马来亚的目光让她忽然在心里怯了一下。

“你以后少当着孩子说这种话！”马来亚丢下碗，去了另一间屋。

李小榕也马上跟到了另一间屋，李小榕把门从里边一关，说你马来亚是不是要反了，吴美芳对你就那么重要！想不到马来亚一转身也大声起来，而且声音比她都大，马来亚知道是该把那事说出来的时候了：

“你以为你是谁？你以为四万就能了结这件事？现在街上轧死个乡下老头儿都得二十万！你还以为你是谁？”

李小榕听出了马来亚的话里有话：

“什么二十万三十万？马来亚你给我说清楚？”

“说清楚就说清楚，这几天我正要跟你说清楚，我告诉你，不但是你没人味儿，现在的人都没一点点人味儿！”马来亚说你别以为你那四万能把事情摆平了，吴美芳比你还更没有人味儿！告诉你，那四万连个零头都不是，吴美芳现在一开口就是四十万！

李小榕厉声笑了一下，但她马上停止了笑，张大了嘴：

“就她儿子那条命，她要四十万！”

“对，一个不能少，四十万！”马来亚说。

“这个臭吴美芳疯了！”李小榕说她怎么不去抢银行！怎么不去做春梦！

“我看倒是我该去抢银行。”马来亚说。

李小榕坐下来，看着马来亚，不再说话，李小榕的聪明就在这里，她知道什么时候该闹事，什么时候不该闹，关于这一点，她的好朋友张秋月也时时提醒她，她明白此时不再是闹事的时候，出了这样的事，她必须和马来亚团结一致才对，要是她在这种时候不能和马来亚团结在一起，那还怎么对付吴美芳。

“你不胡说吧，她敢要四十万？”李小榕说。

“现在轧死个糟老头想摆摆平都得三十万。”马来亚说。

“你是不是想给吴美芳四十万？”李小榕问马来亚。

“我就是想也没用！我去什么地方搞四十万？”马来亚说。

“你就是有也不应该这么想！”李小榕说。

“我当然不会这么想。”马来亚说。

马来亚想想也是，自己如果真有一百万，会不会给吴美芳四十万？马来亚在心里已经回答了自己，不会！在这一点上，他不知不觉已经和李小榕保持了高度一致。马来亚已经想过了，如果自己到处去借，借四十万给吴美芳，那么，今后等待着自己的日子便永远是穷人的日子，到那时，不但是自己要过穷人的日子，自己的老婆和孩子都要过穷人的日子，马来亚已经在心里细细算过，自己要想挣四十万，要苦苦干八到九年而且还必须不吃不喝才能把这笔钱攒够。马来亚已经把这事想清楚了，但他就是没有把对付吴美芳的主意给想出来。

“你听我的，我有主意。”李小榕忽然说。

“你几时有过个主意?”马来亚不知道李小榕有什么主意。

“就不信这个吴美芳还能飞到天上去!”李小榕说自己有主意，其实她的主意是前几天张秋月给她出的，只不过，她当时觉得张秋月出的主意有些过分，当时还以为吴美芳那边只不过是四万的事，想不到现在那四万一下子要变成四十万，既然四万要变成四十万，那么她觉得张秋月给她出的主意也就不过分了。张秋月给李小榕出的主意就是要吴美芳把市里给她的两万奖金退回去，光这样做还不行，还要再把市里给翔宝的“十佳少年”的称号也退回去，然后，四十万才能交给她。这个主意出得很狠，一下子就可以把吴美芳将死在那里。那两万块钱的奖金就是吴美芳想退也恐怕退不了，更不用说“十佳少年”的称号，岂是能让人胡来的。张秋月一出这主意，李小榕当即拍手叫好。

马来亚想知道李小榕有什么主意，“是不是把钱分期给她?”

“你真是衰货!”李小榕说有什么主意我未必现在就告诉你，我只是叫她吴美芳从此不再张这个臭嘴就是，李小榕反过来问马来亚，“这种事，你怎么不找你兄弟来好出出主意?”

马来亚也想去找兄弟来好，但一想当初来好想跟他借八百块钱他都不肯就没了勇气，当时也是怨李小榕，区区八百块攥在手里就是不肯借。这几天他把能想到的都想到了，他已经做好最不好的打算，那就是卖房子，自己没房子住，再欠下一屁股钱，到时候来好未必眼睁睁坐在那里不管。心里这样想，嘴上却对李小榕说：“钱的事我不能找我兄弟，当年八百块你都不肯借我还有什么脸去找他?”

“我未必是要你向他去要钱。”李小榕说。

“那你叫我去做什么?”马来亚说。

“让你兄弟给你出个主意，看看他有什么好主意。”李小榕说你兄弟经过的事比你见过的都多，你去向他讨个主意？你弟弟怎么说都是成功人士。

“主意再多有什么用，吴美芳这回恐怕是真疯了。”马来亚说。

李小榕在鼻子里笑了一声，“你别担心她！我早就给她准备了一大盆冷水好让她清醒清醒！这盆冷水只要我一浇她马上就会清醒！马上再不会说四十万这三个字。”

“别把事闹大了。”马来亚说。

“怕事就别当男人！”李小榕说你别就只知道下边硬，上边也硬一下。

“我怕事，你来!”马来亚说。

“当然是我来，你给我靠边，四十万可以答应，但有一个条件。”李小榕说。

马来亚叫了起来：“你哪来的四十万?”

“你别管。”李小榕说。

“什么条件?”马来亚说。

“什么条件你不必知道，我要亲口对吴美芳说。”李小榕说你只需让国字脸把话传给吴美芳，就说咱们答应四十万，但有一个条件。

“你哪来的四十万?”马来亚又说这可不是开玩笑，我老子那边没钱，就是有，也未必肯给，我老子那性格你不是不知道。

“再说一次，是什么条件我未必告诉你!”李小榕说。

“到时候你怎么办?”马来亚说。

“你只管去说。”李小榕说到时候别说四十万，恐怕她吴美芳连四万也摸不到。

天已黑了，马来亚满面愁苦去找国字脸。马来亚忽然觉得这件事一下子变得好像是不太真实起来，他知道无论是什么条件，那四十万李小榕肯定是拿不出来，但李小榕的样子是胸有成竹，李小榕对马来亚说我让你怎么说你就怎么说，别的事你少管。马来亚不清楚李小榕怎么敢答应给四十万，让他更不清楚的是李小榕会给吴美芳出个什么条件？但无论马来亚怎么问李小榕就是不说。临出门，李小榕又对马来亚说，“见了国字脸多一句话都不许说，只说答应给吴美芳四十万，只要她能把那个条件办到，说错一个字，倒霉的是你自己！”

“倒不如那时别让他儿子救马勇，淹死算了！”马来亚说。

“你放屁！”李小榕说，“你儿子难道不姓马！”

“你才放屁！要在旧社会你的名字前还不是也要再加个马字，知道不知道连你都得叫‘马李小榕’！”

11

晚上很少有人给吴美芳家来电话，即使有也是找刘大宝。

这几天，因为刘大宝的父母亲在，吴美芳一下子轻松许多，回家就有现成饭可吃，热是热的，凉是凉的，刚腊好的腊肉切切放在米饭上蒸，米饭都香得了不得。但吴美芳是那种自己做什么都好，别人做什么都看着不顺眼的人。吃过饭，总是刘大宝的母亲赶着去洗碗，吴美芳先是站在一边看，看得刘大宝母亲好不自在。等刘大宝的母亲把厨房收拾完，吴美芳会动手把刘大宝母亲收拾过的碗筷再重新洗一下收拾一下。刘大宝这天把吴美芳拉到屋里小声对吴美芳说你这么做不是成心给我母亲难看？她刚收拾完，你再重收拾一下，还不是对她的否定？吴美芳说就你妈那两只手还怕否定？她洗过的碗恐怕比没洗过的还要脏，上边都是油腻，干净不净我倒不怕，我现在只剩下一个飞宝，我没得别的指望，只指望他身体没病。“病从口入你知道不知道？”吴美芳说。刘大宝说，“你小点儿声好不好？我爸我妈又不是个聋子！”

吴美芳在厨房里没听到电话响，刘大宝大喊一声，“吴美芳，国字脸电话！”

吴美芳从厨房出来接电话，一双手湿漉漉的，她正在洗鱼。

“我什么时候已经成了你们的传话筒。”这是国字脸在电话里的第一句话。

吴美芳说你们？你们是谁？这又不是“文化大革命”，分这么清？怕你妈你爸剃光头游街？

“你们就是你和马来亚，还会有谁。”国字脸说。

“呸，别提马来亚！”吴美芳说什么事？

“这次可不是什么屁事，这次恐怕是天大的好事，马来亚这个人真是不能让人小瞧。”国字脸说想不到他能量还蛮大，太大了！

吴美芳脑子忽然一亮，“他找你啦？”

“我看你这次是不是要少了？”国字脸说。

“什么要少了，你把话说全了。”吴美芳心里“怦怦怦怦”乱跳起来。

“你还不知道什么要少了?”国字脸说马来亚刚刚从我这里离开。

“你还是这个烂毛病，你要说什么就快说，你说话就像新媳妇放屁！像你这种人还配给我当师傅。”吴美芳说。

国字脸就在电话里笑了起来，说你不必急，其实我比你还急，马来亚从我这里出去顶多两分钟我就给你打电话。你说马来亚有钱还是没钱，他居然答应一下给你四十万。

“答应给四十万?!”

电话在吴美芳手里抖了起来。从翔宝出事到现在，吴美芳一直都像是在梦里生活，别人说什么，自己想什么都朦朦胧胧的，都像是不那么真实，只有在这一刻，一切都好像因为“四十万”一下子变得明明亮亮起来。四十万是她想都不敢想的数字，是天文数字。因为她想都不敢想，所以她那天才敢于对着马来亚把话说出来。

“国字脸!”吴美芳说你要是开玩笑你就该千刀万剐!

“马来亚真答应要给你四十万，不过他有一个条件。”

“果真给四十万，十个条件我也不怕，下岗的时候厂里有什么条件，你还不是照样下。”吴美芳说马来亚那边是什么条件？你说，还能把我吓死!

“不知道。”国字脸在电话里说他也不知道是什么条件。

吴美芳是个急性子，“你要是再不说我就要骂出来。”

国字脸在电话里说他真的不知道，“马来亚说那个条件是他老婆李小榕掌握着，连马来亚都不知道，要想知道就得你和李小榕见一面，李小榕会亲自告诉你。”

刘大宝不去厕所了，一边系裤子一边忙凑过来，一呼一吸吹得吴美芳脖子异样发痒，吴美芳推他一下。

“国字脸你找死啊，放着话不好好说。”吴美芳说到底是什么条件。

“四十万？答应了？是不是四十万？”刘大宝连连在一旁小声问。

吴美芳又推一下刘大宝，对电话那边的国字脸说：“他到底什么条件？”

国字脸真不知道马来亚那边是什么条件，国字脸说不但是自己不知道连马来亚也不知道，“马来亚这人很少说谎，也不会说谎，马总就这点成功，培养的儿子不会说谎。”

“真答应给四十万，你没听错吧？”吴美芳对国字脸说。

国字脸说这种事岂敢听错！总之是你一下子就阔气了，四十万可不是个小数字！

“八字还没一撇，你千万不能对别人说。”吴美芳说。

“我明天就去报社。”国字脸说就是不知道这样的消息报纸给不给发。

接完国字脸的电话，吴美芳和刘大宝的兴奋可想而知，厨房里剩下的鱼吴美芳无心再洗，扔给婆婆去收拾，她和刘大宝坐下，灯也不开地猜了老半天，但怎么也猜不出那个条件到底会是什么。

“咱们是不是真是要少了？要不他们怎么会如此爽快？”刘大宝说。

“四十万不少吧？四十万还少？”吴美芳说。

刘大宝说，“我觉得也不少。”

“就是少，现在反悔恐怕也晚了。”吴美芳说。

“到时候，钱拿到手你就别再出去了，可以在家里睡睡懒觉。”刘大宝开始设想。

吴美芳最喜欢睡懒觉了，刚结婚那会儿有时候会一下子睡到十一点，把整个人睡得红是红白是白，厂里的人那时候送吴美芳个绰号叫她“睡美人”，说吴美芳只要一睡觉，人就会马上漂亮得像杨贵妃。

“以后如果搬到新房子你就在阳台上种种菜。”刘大宝又说。

“别人不笑话咱们我老爸也要把咱们笑话死。”吴美芳说种种菊花兰花还差不多。

“在阳台上种花多可惜。”刘大宝说。

“种花是可惜，种菜是可笑，那咱们就什么也不种，到时候咱们坐在阳台上喝喝茶。”吴美芳说我做事那家人，两口子下午总在阳台上喝茶吃“老正泰”。

“要不明天咱们再去看看房子？那边的阳台也老大，到时候咱们也可以在上边喝茶吃‘老正泰’！”刘大宝忽然说。

“房子有什么好看？”吴美芳说把四十万搞定再说。

“这种事到了这地步急反而不好，这种事，你越沉得住气胜利的机会才会越多，到时候也许还可以多要五万十万。”刘大宝说。

“我跟你说过马来亚这人挺好你还不信，这回你信了吧。”吴美芳说。

“钱到手我才敢信，这会儿说什么都早。”刘大宝说谁知道他有什么条件？

“要不，我让我爸也跟着去看看房子。”吴美芳说我爸当老师一辈子就落了一个好处那就是学生多熟人多，也许找到熟人房价会更便宜一些。

“飞宝也放了假，不如我爸我妈也都去，和你爸你妈中午在一起吃一顿饭好不好？”刘大宝说我爸我妈和你爸你妈还没见面呢？明天请他们吃“棒棒鸭脖”庆祝庆祝。

吴美芳说庆祝什么？这时候庆祝还太早，只可怜我翔宝不在。

刘大宝说你怎么又说起他，你一定要学会忘记，要想活得好就要学会忘记。

吴美芳说你们男人果真个个都是王八蛋，什么事都可以忘记！

“四十万是不是真要少了？”刘大宝又说。

“有本事的人能把死钱变活，没本事的人只能把活钱变死。”吴美芳说。

刘大宝说你什么意思？

“咱们也开个鸭脖店，到时候保证布什也会跑来吃。”吴美芳说。

刘大宝心想这主意不错，到时候可以让自己老爸老妈去下夜。

“就是到时候你那个师傅国字脸不要进来乱掺和。”刘大宝说。

“你有没有弄错！”吴美芳一下子跳起来，“你以为他是我奸夫啊！他是我师傅！他是为你服务，为你传递消息！为你跑腿！打电话是要交费你知道不知道？”吴美芳说他要是我奸夫也在你前头，你气死也没办法！

“你再说什么我也不会生气。”刘大宝说我什么时候一下子有过四十万？今天是我最高兴的日子！刘大宝拍拍屁股，“一高兴，这地方都好轻松。”

12

吴美芳一家子人去看房子，看罢房子中午在“老天地春”吃饭。

吴美芳的父亲选定了“老天地春”，说那里的老板是他学生。吴美芳一家子进了饭店，吴老师对服务员说叫你们老板过来一下。“老天地春”的张老板还真是吴美芳父亲的学生。经服务员一叫，张老板果然露了面，先是在那边朝这边一望，然后马上就“吴老师吴老师”地叫着跑了过来，连说我早就有意请吴老师过来坐坐，今天正好，算我请客。一边把服务员喊过来，说吴老师岂能坐散座，你马上去安排一个雅间，今天的饭菜不许收费算是我孝敬我老师。吴美芳的父亲马上说我们是来随便吃一口，不必麻烦你。张老板说吴老师看您说到哪去了，您来了我岂敢随便，还不让同学们骂死我，骂我当年白当他们的班长。再说美芳现在是咱们这地方的大名人，能把美芳请到也不容易。

“她的事情你居然也知道？”吴老师脸上顿时一亮，当一辈子教员，没一件事能够让吴老师夸嘴，虽说失去了一个外孙，但这件事让他面子上很有光彩，老同事们见了面都夸他培养了个好女儿。

“现在谁不看电视，不看电视也会找张报纸看看。”张老板说这种事，在咱们这地方一百年也许才会出一次，我都恨不能把美芳请过来做形象大使。

“就我这样子?”吴美芳说恐怕当保姆也快没人要了。

“你这样子怎么啦？咱们这地方要说形象好一时还真找不出比你更好的，让自己的儿子下水去救别人的儿子，光这一点我敢说就光芒万丈。”张老板说。

“是的，是的。”吴老师满脸都要放出光来。

“不是光芒万丈也是光芒千丈!”张老板又说。

“换个人也会这样。”吴美芳这句话在电视台已经说过好多次了，但每次都很软弱无力。

“也未必。”张老板说夏天的时候门口那个下水口井里掉进个人就没人管。

“一个大活人，能掉井里？是不是癫痫?”吴老师说。

“那天下大雨，这人骑了车奔命，一下子就掉进去了。”张老板说不过当时要是救也白救，人一下去就给水淹没了，后来还是在河那边找到的人，人给冲到河里了，从下水井一直冲到了河里，脸都烂了。

“自行车呢?”吴老师问。

张老板说自行车自然掉不进去。

“井盖呢?”吴老师说。

“早被人偷走卖了生铁。”张老板说现在世风日下，放一个偷一个，放一个偷一个。

吴老师生起气来，“现在的人怎么连一点点道德都没有。”

“下岗人太多，个个都要吃饭。”刘大宝说别说这种事，乡下连牛都要偷，在墙上挖一个大洞把牛从洞里给弄出去。

吴老师说还有这事？连牛都偷？那么大的家伙，又不是鸡和狗。

刘大宝的父亲在一边开了口，说村里牛马驴骡都被人偷，这种事越过年越厉害，偷猪就更不用说了，家里养猪的人到了这几天夜夜都睡不好，要拿着棍子轮流给猪下夜。

“猪就不会叫？”吴老师说。

“给猪吃东西，东西里放了药，猪到时候只会睡大觉。”刘大宝的父亲说。

吴老师又说：“现在的人坏得出奇，却连一点点道德都不要！”

刘大宝说饭都没得吃还道什么德，“饭比道德重要！”

“像美芳这样的人现在是太少了。”张老板说毕竟家庭出身不一样，像我老子是个烧锅炉的，我只好来开饭店，不过也算是一个进步，从火头到灶头。

“话不能这样说。”吴老师当即笑起来，“教员再不好也还是教员。”

“所以说教员不是人人都能够做的。”张老板站起来敬酒，敬完酒他还要去招呼别的客人。张老板敬了吴老师，然后又特地敬了一杯酒给吴美芳。给吴美芳敬酒的时候张老板说了句人们听来都觉得很耳熟的话，“人都有一个死，有的人重于泰山，有的人轻于鸿毛，你儿子就重于泰山！”

张老板敬完酒又去应酬别人，好半天，吴美芳才想起来他刚才说的那句话是谁讲过的。“我儿可不就是重于泰山！”吴美芳说。

“小小岁数重于泰山也真不容易，翔宝的事是给你增了大光。”吴老师喝了酒，说话有点着三不着四。

吴美芳不好说什么，“增光”这两个字虽有些刺耳又不好反驳，吴美芳不好说她爸说得不对，她打断了老爸的话开始说房子，说还想看看临街的房子，“现在社会靠谁都不行，开个小店比什么都牢靠。”

“就怕到时候屁股后边跟一大堆工商税务就怕你麻烦死。”吴老师对女儿说。

吴美芳说到时候我就说是你的女儿，“在这条街上十个人里边有一个不敢说，一百个人里边肯定会有一个是您的学生，我怕什么?”吴美芳说。

“你开什么店?”吴老师问女儿。

“棒棒鸭脖。”吴美芳说。

“到时候我给你去卖鸭脖，个个学生都会跑过来照顾你生意。”吴老师说。

“那还不好，”吴美芳说那您就是最好的招牌，索性就叫“吴老师鸭脖”好了。

“我只是跟你开玩笑，我卖鸭脖，还不丢尽教员们的脸！”

“到时候开了店，爸妈你们就可以去店里看看店，连住的地方都有了。”吴美芳那边说吴美芳的，刘大宝这边说刘大宝的，刘大宝对他的父母说还回乡下去做什么？地都没了，这下好了。

“开店是要钱的，到哪去找那些钱？”刘大宝的父亲说。

刘大宝也是喝了酒，对他爸说就那个马来亚，翔宝救他儿子一命的那个马来亚，就他，答应一下子给四十万。

刘大宝的父亲和母亲显然是给这四十万吓了一跳，都面面相觑，刘大宝的母亲忽然有了哭腔，“我还是没白疼翔宝一场，翔宝跟我五年从来都没有病过，从来都没饿过，从来都没有哭过，从来……”

吴美芳在桌子下踢一下刘大宝，“八字没一撇你胡说什么？”

刘大宝这边说的话吴美芳的父亲当然听到了，他把脸掉向这边，忽然大发感慨：“什么是深明大义，这就是深明大义！马来亚这个人原来深明大义！”说完这句话，吴美芳的父亲忽然又清醒了，问吴美芳：

“他一个卖鱼的哪来的四十万？”

“现在这社会，谁挣多少钱，怎么挣的钱谁都不会知道，你也不用问，问也白问。”吴美芳的母亲用一根筷子头给外孙飞宝捅骨棒里的骨髓，一边捅一边说，就那个马来亚，明里你看他是个卖鱼的，暗里谁知道他是做什么的？他给钱，你拿就是，什么也别问，你也更别操心他的钱是从什么地方来的。吴美芳的母亲对自己老头子说，“真正能弄到大钱的没一个像是能弄到大钱！看上去像是有钱的人往往是穷光蛋，也许还会欠别人一屁股烂账。”

吴美芳忽然觉得自己的母亲真是有那么几分伟大，说实话，吴美芳一直在心里很佩服自己的母亲，像她这么大岁数还能给别人打工做会计的确实不多。

刘大宝忽然小声对吴美芳说：“你说马来亚的那个条件是什么？是不是不让咱们把四十万的事说出去？要是这样就坏了，咱们已经说出去了。”

吴美芳的脑子向来都很好使，“要是那样的话他还会要国字脸传这个话？你以为是三四岁孩子玩摆家家，那还能算个条件？你是不是弱智。”话虽这样说，吴美芳也猜不出马来亚那边会有什么条件，到此时，吴美芳心里倒有些不忍，多多少少觉得有些对不住马来亚，尤其是自己那天对马来亚说话的态度。

服务员端上水果来，是张老板免费赠送，大家纷纷吃水果。

“我刚才在心里算了一下，你妈这一辈子加起来都没挣到四十万。”吴美芳的爸爸说。

“你怎么不算算你自己？”吴美芳的母亲说听你这口气你是不是已经挣了八十万？

“我的价值岂能用金钱来衡量！”吴老师现在是动不动就要发脾气，“国家给教师过教师节，谁听过有会计节？美国也没有！”

刘大宝在桌子下碰了碰吴美芳。吴美芳瞪他一眼。

“四十万，真想不到。”吴美芳的父亲忽然又感喟地说教员再崇高又有什么屁用？一个烂卖鱼的都可以一下子拿出四十万！

吴美芳的母亲问自己女儿：“四十万说好了什么时候给？”

“还没定。”吴美芳说。

“这种事可不能拖，小心夜长梦多。”吴美芳的母亲对女儿说，“还有就是到时候要去银行取现，这边取，那边就手就存，存银行比放在家里好，在银行取现还有个好处就是不会有假钞。”

“妈说得好，这种事不能拖。”刘大宝在一边对吴美芳说。

“开鸭脖店？城里鸭子不多吧？”刘大宝的母亲忽然在一旁小心翼翼问了一句。

一句话逗得大家哄堂大笑起来。

13

俗话说人不得高兴过头，这天吴美芳出了点事。

吴美芳这几天是特别的忙，给人当保姆就这样，越到过节越忙，又是洗又是擦，窗帘床单桌布椅套都要一一扯下来洗过，厨房里的烹炸煎炒也要做。在别人家忙完，回到自己家还要忙，其实吴美芳满可以不忙，家里的事刘大宝的母亲都给做了，但吴美芳就是觉得婆婆做得不好，她要再重新做来。这连刘大宝都看不下眼，对她小声说："我妈未必连玻璃都不会擦？她刚刚擦过，你再擦一遍算什么？"说这话时吴美芳正搬了凳子要擦玻璃，其实她还没擦，才往凳子上一站，一脚踩歪，人一晃，一头从凳子上摔下来。

从医院出来，吴美芳的头上缠了几圈纱布，医生说像吴美芳这样的轻微脑震荡最好是休息几天，颈椎没事是万幸，要是一下子摔断颈椎这个年就要在医院里过。刘大宝马上给吴美芳做事的那家人打了电话，说吴美芳年前怕是去不了，人从凳子上摔下来差点把脖子都摔断。那家男主人中午急忙忙过来看吴美芳，扛了两箱过期饮料，临走留下一句话，说不必急着回去做事，过了十五回去就行。刘大宝送他出去，在心里说，老子的老婆过了十五也未必去，那四十万拿到手，老子老婆还做什么保姆？老子未必就总是交倒霉运，一过年交好运那四十万就是个好开头！

晚上，刘大宝的母亲给吴美芳熬了鸡汤，喝过鸡汤，吴美芳说从凳子上摔下来没摔死就是福气，还有这么好的鸡汤喝，就是不知道会不会有后遗症？现在看着没事，谁知道睡着后会不会一下子死掉？如果我死掉，到时候你会不会拿那四十万再娶个老婆回家？刘大宝说今天我倒差点儿被你吓死！我会不会再娶一个就看那四十万会不会到我手？吴美芳说你休想做美梦！第一是我不会出事，第二是我现在马上就把这四十万先抓到手。

"儿子是不是我俩生的？"刘大宝笑着说。

"你又想说什么屁话？"吴美芳说天底下哪有女人自己就能把孩子生下来的事？

"这不对啦，儿子是夫妻共同合作的产物，那四十万自然也是咱们的共同财产。"

"共同不共同先别说，往银行存的时候要用我的身份证。"吴美芳说。

"用你的身份证又怎样？还能吓死我？天底下谁不知道你是我老婆？你就是富到天上到晚上还不是要我来睡你！"刘大宝笑着说。

"这一跤不能白摔，谁知道明天还会有什么衰事，钱到手才是钱，我这就给他打，先冲冲运气。"吴美芳马上就打电话。

吴美芳也知道马来亚的手机是和李小榕混用的，李小榕总是隔一段时间就要把马来亚的手机拿过来用一用检查一下，这样就可以知道都有些什么人和马来亚来往，因为这事，弄得马来亚的许多朋友都不敢给马来亚打电话。吴美芳一边拨电话一边说还不知道今天这个电话是谁来接？电话打过去，接电话的果然就是李小榕。

李小榕一下子就听出了吴美芳，但她硬是装作没听出电话里讲话的是哪个。

“你是哪个？”李小榕说我怎么听不出来你是哪个？

吴美芳说我是马勇和马强的干妈。

李小榕说马勇和马强的干妈有好几个，你是哪个？是不是张秋月？

“不是。”吴美芳说。

“是不是刘小苹？”李小榕说。

吴美芳说：“还你是哪个我是哪个？我是吴美芳！”

李小榕在电话里叫了一声，说你声音变化这大？我差点就要听不出来了。

吴美芳在心里说变化个鬼，有什么变化，声音还能变到哪能里去，又不是说英语。

“我也正要给你打电话。”李小榕在电话里说。

“快过年了……”吴美芳把话只说一半，开个头。

“你写在纸上的东西我和马来亚都看了，十多年前一桶牛奶的价钱和现在怎么能一样？十多年前的这个价那个价都和现在不一样，所以说那是一笔糊涂账，要想弄清楚了也太麻烦。这事也不必弄清楚，我和马来亚合计过了，马勇要不是你儿子小命早没了，四十万也不算太多，我这里的条件也只有一个。”

吴美芳打电话的目的正在这里，她急巴巴想知道是什么条件？

李小榕却说这事电话里恐怕不好说：“最好找个地方。”

“找个地方？”吴美芳说找什么地方？

李小榕也不知道该找个什么地方，当下在电话里怔住，但李小榕已经想好了，不但要找地方，到时候还要找一些人，要大家都知道这事。张秋月已经给她出了主意，要她就此事给吴美芳重重一击，“就像电视上常看到的那样，两个拳击手跳来跳去，最后得胜者就是那个能够重重把对方一拳击倒的拳击手。”但张秋月也知道李小榕这个拳击手不太好当，因为人家吴美芳的儿子毕竟救了她儿子一条命因此还丢了性命。张秋月对李小榕说你千万不能在人们的眼中变成知恩不报的人。

“要不就来我家吧？”李小榕在电话里说，这样一来，自己还会占些优势。

吴美芳在电话里迟疑一下，“要不，你和马来亚过来，让大宝好好烧几个菜。”

“你们大宝还会烧菜?”李小榕说。

“你不知道他在街头卖过小炒?”吴美芳说刚下岗那一阵子。

李小榕说想起来了想起来了，李小榕嘴上这么说，心里却在想该不该去吴美芳的家，这只是一转念的事，她马上明白到吴美芳家更好，到时候吴美芳想发脾气都发不出来。“那好吧。”李小榕说只是要再叫上几个人才好，不等吴美芳表态，李小榕说到时候把你们师傅国字脸也叫上，还有，报社的郭小涛那天见了我还说要去看你，你看看把他一块儿叫上好不好?还有电视台的黄小林。

吴美芳在心里算算，这就七个人了，吴美芳的家很小，到时候把饭桌边上的电冰箱挪一挪七个人还是能坐得下的。吴美芳在心里又算了算，反正自己没事，何不就定在明天?到时候又不用自己下厨房，头上虽然缠着纱布也无所谓。吴美芳把自己的想法一说李小榕那边马上表示同意。并且说报社的郭小涛和电视台的黄小林由她来通知。

“那就明天中午?”李小榕说。

“好，就明天中午。”吴美芳说。

吴美芳想好了，明天中午让刘大宝的爸妈带上飞宝去他表姑家吃饭，谈这种事，吴美芳最不愿意让刘大宝的爸妈知道，到时候也许又会眼泪鼻涕一大把。四十万不是小事，万万不能把两个老的搅在里边。

“你说马来亚会不会明天就把钱提来?”刘大宝说。

“不会吧?四十万得多大一袋子?”吴美芳说马来亚也没那大的胆子。

“不可能用袋子提吧，那多不方便。”刘大宝说。

“我看得放这么一小提箱。”吴美芳说。

“开玩笑!”刘大宝说这么一小提箱岂能放下四十万。

14

李小榕接吴美芳电话的时候正在“大亚洲”里做头发，快过年了，发廊里等做头发的人特别多，李小榕此时正和她的好朋友张秋月在一起，两个人从小一起长大关系又最好，李小榕有什么事都要找张秋月出主意。李小榕一接电话，一说话，张秋月就知道她是在接谁的电话，是怎么回事。接完吴美芳这边的电话，李小榕刚把手机收起来，张秋月马上对李小榕说你是不是傻×?我看你真是个傻×!李小榕说哪个是傻×?你为什么说我傻×?张秋月说你还说你不是傻×?你办你的事，你叫电视台和报社的人做什么?这种事你是不是还想把全世界广播电台的人都拉上?

“那又怎样?”李小榕说。

“你是不是想让全世界人都知道?”张秋月说。

“那又怎样？”李小榕说。

“知道的人越多就对你越没好处。”张秋月说到时候也许只有坏处。

“坏处？”李小榕不知道这个坏处在什么地方？

“说到家这又不是什么好事，所以知道的人越少越好。”张秋月说再说公家的事岂是她吴美芳说推翻就推翻的，报纸也登了电视也播了，那两万奖金她也拿到手了，她一百个办不到！所以你根本就没有必要让别人知道，你让别人知道什么意思？你请两三个人来，到时候他们向着你还是向着吴美芳，假设有两个人向着你，也不会没有一个人不向着吴美芳，到时候更说不清。张秋月的主意是：

“这事你对吴美芳直说就可以，还吃什么饭？你更不能到她们家吃饭，这么大的事。”

李小榕想想也是，“那怎么办？”

“再给她打呀，现在就打，把饭推掉。”张秋月说。

李小榕就又拿起手机给吴美芳拨过去，手机一拨就通，那头接电话的是刘大宝，刘大宝正和吴美芳坐在一起商量明天吃什么菜，喝什么酒，上什么茶，刘大宝马上把电话递给了吴美芳。李小榕在电话里对吴美芳说明天吃饭就不必了，明天她还有别的事，再找时间再说吧。李小榕只说了这么两句，说完就“啪”地把手机一合。

李小榕刚把手机合上，张秋月就又对李小榕说：

“看你的样子聪聪明明，想不到你做事这么拖拖拉拉。”

李小榕说，“又怎么啦？又有什么不对？”

“你还说另找时间，你找的是什么时间？此时不说你更待何时？”张秋月的意思是，此事要趁热打铁，把要说的话现在就说给吴美芳，把那个条件现甩给她！让她及时清醒！

“现在就告诉她？”李小榕说。

“就现在，未必为这事你还要到大至街摆一卦？”张秋月说。

“她要是不同意呢？”李小榕说。

“你傻啊！”张秋月说她同意不同意都是她输，她同意了，市里给的“十佳少年”谁能撤销得了，那两万块奖金她又能不能退回去？两样她一样都办不到！她不同意，那你不正好一分也不给她。

“对啊，”李小榕说这几年自己当教员硬是把脑子给当糊涂了，遇不得大事！

“你就是和马来亚吵吵架还可以！”张秋月说。

“这么大的事，现在就打？”李小榕说。

“这么大的事才要现在打。”张秋月说未必你还要召开什么大会！

吴美芳那边，刚刚放下李小榕的电话，正在和刘大宝分析为什么李小榕刚刚说好来家吃饭怎么又改变了主意？这时候电话又响了，又是李小榕打过来的，吴美芳忙把电话拿起来。吴美芳接电话，刘大宝在一边耸了耳朵听，这一次，李小榕在电话里说了什么刘大宝根本就听不清，刘大宝只看到吴美芳的脸色一点一点在垮掉，到后来吴美芳拿电话的手都在抖，这一次手抖和上一次不同，上一次是激动，这一次是愤怒。电话没接完，吴美芳已经一屁股蹲在那里，转瞬间，吴美芳对马来亚的那点点好感已经荡然无存，气愤一转眼已变成无比的仇恨。

“怎么回事？”刘大宝忙要扶吴美芳起来。

“马来亚！你不得好死——！”吴美芳尖叫起来，眼泪随之哗哗哗哗掉下来。

吴美芳的公公和婆婆打开门朝外张望了一下，刚想说什么，被刘大宝立刻打住。

“你们看你们的电视！”

刘大宝把吴美芳扶到床上，要她千万不要激动，吴美芳忽然悲从中来猛地拍一下床，忽然又悲从中来猛地拍一下床：

“翔宝——翔宝——！

“马来亚——马来亚——！

“马来亚！你不得好死——！”

吴美芳忽然停止了哭，问刘大宝：“不是做梦吧？”

“你没事吧？”刘大宝说。

吴美芳就又大哭起来。

15

天气预报中的雪一点点都没得下，只天边有一点点薄云。

走在街上的吴美芳此刻很扎眼，头上缠着那么一大圈儿白纱布。

吴美芳现在眼里什么也没有，别人怎么看她无所谓，她眼里只有愤怒，她胸口那地方也什么也没有，也只有愤怒。一晚上没有睡好，吴美芳的头上是一跳一跳地痛，早上起来，刘大宝要随她去医院，吴美芳说自己未必就会一下子死在路上！吴美芳不要刘大宝跟她，她也没有打出租，她是步行从家里走出，往南走，上了南大路，再往北上解放路，这年的冬天连一场雪都没得下，暖和得简直不像个冬天，但往北走还是让人觉着冬天毕竟是冬天。吴美芳头上的伤给风一吹，一跳一跳疼得更加清晰。

吴美芳要去的地方在解放路最北边，而吴美芳的那两条腿却把她带到了大正偏街。过街时，吴美芳差点被一辆疾驶的货车挂住，那司机从驾驶室里探出头开口便骂：

“不想过年啦！路上又没猪屎，想吃你也不要来路上找！”

吴美芳想还一句，张张嘴，却没骂出来，只觉头晕。

大正偏街那里，人们采购年货已经到了最高峰，这个高峰马上就要跌到最低最低的低谷，那就是腊月二十九，腊月二十九来这里买年货的人就差不多没多少了。这热闹会转到每家每户里去，购买的狂热会变成做年饭的种种琐碎。吴美芳的两条腿把吴美芳从西往东带，快要带到马来亚的水产店时，吴美芳才像是猛地一下子清醒了过来。大正偏街此刻人挤人，在水产店里忙碌得马来亚根本就不会看到吴美芳，吴美芳也看不清马来亚是不是在店里，吴美芳进了马来亚水产店斜对面的一家卖温州小商品的店，她隔着玻璃朝马来亚的小店看，终于看到了马来亚，在店里边走过来，走过去，拿货，招待客人，忙碌得很。马来亚的忙碌让吴美芳的心里更是气愤难当。昨晚吴美芳悲愤交加骂了自己一夜，直骂自己是不是瞎了眼！当时怎么就会让翔宝下水救马来亚的马勇，人家的儿子现在活蹦乱跳，你自己的儿子却从此一去不返！下水救人的时候，翔宝的眼里还有一丝丝犹豫，吴美芳还说马勇都快要给淹死了你还在想什么？你比他高一脖子半你怕什么？水虽然没吴美芳想象的那样深，但水里的漩涡却是吴美芳想不到的。吴美芳现在只有暗自骂自己的份儿：你放着好好儿的日子不过让翔宝下水救的是什么人？人家的儿子得一条命，你的儿子丢一条命，都说知恩必报，想不到马来亚两口子倒弄了套儿要你往里边钻。

“马来亚你不得好死——！”

吴美芳此刻再一次在心里尖叫了起来，她心里的尖叫旁边的人当然不会听到，但她脸上的泪水旁边的人却不可能熟视无睹。

这家的店老板想必是认错了人，在旁边一边做着手里的事一边劝吴美芳不要伤心，“人的寿命都是天给定了的，就像是算术题，有的长一些，有的短一些，但到最后都得有一个答案，每个人的答案其实就只有一个，那就是死，到时候人人都得死。”吴美芳明白这家老板是认错了人，是自己额头上缠的白纱布让他认错了人，这家小店什么都卖，也卖白事用的东西。这家老板确实是认错了人，把吴美芳当作一大早赶来买白事物品的那个女人。

“你看好没看好!”吴美芳突然发了火，她指着额头上的白纱布说我这是受伤缠的纱布你以为是给哪个戴的孝！快过年了你知道不知道！吉利一点好不好？

吴美芳从这家小店一下子冲出来，人在此刻，便像是没了方向感，或者也可以说方向感更加明确，此刻是吴美芳的两条腿带动着吴美芳，而不是脑子在那里起作用。大正偏街北边就是过去的二纺，现在是一大片拆了一大半的烂房子，当年这里的住户差不多有两千多户，都是二纺的工人，开发商把房子拆了一半儿，另一半儿要到明年开春再拆，眼下因为是冬季，此时此刻这里显得特别的荒凉，几乎看不到几个人，就是有人出现，也是图近道，从这里抄个近道去大正街，或者是去解放路，或者是去大至街。吴美芳对这条路十分熟，当年送老大翔宝上学她抄惯了这条近道。她还在这条道上来来往往卖过大半年甜玉米。听说大至小学过了年也要拆掉，要迁到北新花园那边去，拆这么多房子听说只为了把老城墙修起来，城墙一修起来大至街就不复存在而将要变成一个大广场。现在的大至街满可以说是一条文化街，文化馆和博物馆都在这里，再往南是人民公园。但最最不好的地方就是大至小学周围现在开了许多小饭桌和麻将馆，头条二条三条都是这样，正正经经的麻将馆是在屋子里，有茶水瓜子，给老头老太太们开的麻将桌就直接摆在街两边，马来亚的母亲就天天来这里打麻将消磨时光。

昨夜吴美芳整整一夜都是半睡半醒，早上起来比没有睡觉还要累。

吴美芳先是梦见自己和刘大宝在到处找翔宝，她在梦里居然清清楚楚看得到自己那张惊恐万状的脸，当然还有刘大宝那张脸，后来这个梦就变了，自己的那张脸变成了李小榕的脸，和李小榕那张脸一起出现的是马来亚的脸，马来亚和李小榕的两张脸惊恐万状交叠出现在吴美芳的梦境里，马来亚和李小榕的嘴在吴美芳的梦里一张一合一张一合，问的是同一句话：见没见我们强强？见没见我们强强？梦醒后，吴美芳再也睡不着，满脑子都是找孩子的场面。吴美芳睡不着，刘大宝却睡得有滋有味，吴美芳用肘子把刘大宝杵醒，刘大宝吓了一跳，一下子坐起来，说是不是要去医院？吴美芳说天还没亮，鬼才要去医院。刘大宝说头现在疼不疼？吴美芳说不是疼是懵，像是给灌了一罐子铅在里边，全怪马来亚！马来亚你不得好死——！刘大宝说你骂他可以但你别大声叫，你看看现在是什么时候。吴美芳说我偏要叫，偏要骂，“马来亚不得好死——！”对！你半夜都爬起来骂他不得好死，恐怕他这一世真要不得好死！刘大宝又快要睡着的时候，只听见吴美芳在那里自言自语，说到处找不到孩子的滋味恐怕要比死都让人不舒服！你要不要吃一片睡觉药？刘大宝迷迷糊糊又问了吴美芳一句。翔宝出事后，好长时间吴美芳都是靠睡觉药睡觉。刘大宝怕吴美芳吃多了药，把药放在只有他才知道的地方。

从大正偏街穿过二纺厂拆了一半的那一大片烂房子，吴美芳去了大至街那家商店，吴美芳上小学的时候就有这家百货商店了，她还记着小时候自己到这家商店去买香水铅笔，那种粉颜色带个金属铅笔帽的铅笔，又细又短，放在鼻子下边闻闻还真是香。听说这家商店也要拆，商店门两边是八字形的水泥扶手，孩子们最喜欢在这个滑梯样的扶手上玩儿，水泥扶手已被滑得幽幽发光。当年，吴美芳也在上边打过滑梯。吴美芳果然看到了马来亚的老二强强，正在那里滑上滑下玩得起劲，和马来亚老二强强一起玩的还有另外几个小毛头。

吴美芳站住，看着那边。一夜的失眠让吴美芳明确了自己应该做什么，愤怒又给吴美芳出了个主意，这个主意简直就是沙漠植物，转瞬间抽枝长叶开花结果！吴美芳走过去，像上次那样，抱起强强就走。

“马来亚，你死吧！”

吴美芳听见一个声音在自己心里狠狠地说。

没人看见吴美芳抱着马来亚的强强，吴美芳走得很快。

“马来亚，你休想过好这个年！”

吴美芳听见那个声音又在自己的心里说。

强强乖乖地被吴美芳抱着，吃着吴美芳塞给他的糖果。

“干妈干妈咱们去哪里？”强强说。

吴美芳说干妈带你捉迷藏，“藏到一个谁也找不到你的地方。”

“干妈干妈你怎么有眼泪。”强强说。

“风吹的。”吴美芳说。

“干妈干妈！车——”强强突然尖叫了起来。

对面有一辆大卡车轰轰隆隆奔驶而来，吴美芳忙往旁边一跳，脑子被惊得一亮。

“你赶死啊——！”吴美芳朝远去的车骂了一句。

“不是他赶死，是你走路都不晓得看一下前后，你看看有多危险！”旁边一个骑自行车的老头对吴美芳说，你还抱着个孩子，要是出了事，一下子两条命，那司机还不会被你害死。这老头一边说一边骑着车子慢慢慢慢远去了。

吴美芳把马来亚的强强抱紧了，前边又过来一辆车，车上拉着两个巨大的红灯笼。那么大的灯笼，不知道要往什么地方送？吴美芳现在对什么都不感兴趣，也不想知道，她只知道自己要去什么地方，她已经看到了前边苏联楼房顶上的那个大水箱。那个水箱真大，像个小房子。

16

晚上九点多，马来亚突然接到自己兄弟来好的电话。

来好在电话里语无伦次，他说，“哥，哥我跟你说你先别急。”

马来亚说，“你要说什么？你还没说出来我急哪个？”

“先说强强在不在你身边？”来好说。

马来亚说强强一直跟着妈，我这几天忙得都转不开身。

马来好说妈现在在我这里，你家老二强强晓不得跑到什么地方去了。

“强强不见了？”马来亚惊了一下，说什么时候的事？

来好在电话里说他已经和他老婆找了好一会儿，几条街都找遍了，从大至街一直找到了解放路都看不到强强的影子，这会儿天已经完全黑了，你好不好给你老婆打个电话，看看是不是她把孩子抱走了？马来好在电话里说虽然这种可能性很小，但哥你最好还是赶紧问一下。

“妈一打麻将就什么也不顾！”马来亚说。

“先别说这些，你先给你老婆打电话。”马来好在电话里说。

“这下子好，让她再打！”马来亚说。

“你先给你老婆打电话吧！”马来好说别的先少说。

马来亚此刻正在回家的路上。他马上停下车给李小榕那边打电话。李小榕一听强强不见就当即就在电话里尖声骂起来，连说马来亚你妈还会不会看孩子？马来亚说先别说我妈会不会看孩子，如果孩子不在你那里咱们就赶紧找吧，现在都九点多了。李小榕说要是强强丢了我跟你妈没完！你妈难道只会打麻将？

马来亚想骂一句，但他忍住了，给小舅子打了电话让他过来帮着一起找。

天已经黑了，马来亚的小舅子马上赶了过来。姐夫和小舅子两人先顺着大街找，一边找一边喊，见商店就进，问商店里的人见没见一个五岁的小孩。找来找去，马来亚是越找越心慌，在心里也埋怨自己的老妈，你打的是哪份麻将？这下子来个大败局，把个孙子都打进去了。顺着大街找了一遍，马来亚忽然觉得强强会不会从菜市场那里进了旁边的小区，他便和小舅子又进小区去找，先是在院子里喊，然后是一个楼一个楼一个单元一个单元地进去喊。马来亚在外边喊，里边的一条狗跟着叫起来，后来那家主人也跑了出来。说这条狗是前几天刚刚拣到的，是你们的你们就拉走。

马来亚大声说我们是在找人，哪个在找狗！

李小榕这天是和张秋月两个人去买过年的衣服，此时也顾不上再转商店，张秋月也跟上过来，她们去了大正街，从大正街一直找到大正偏街，李小榕的嗓子都几乎喊破，她此刻也顾不上再埋怨婆婆，她对张秋月说强强会不会让人贩子给抱走：

“听说像强强那样大的小男孩一出手就是六七万。”

“那就赶紧报警。”张秋月说。

“听说要是给卖器官的人抱走下场就更惨，到时候心是心肝是肝一份一份分开卖。”李小榕说我婆婆天天都在那里打麻将，出了事她倒躲到她家老二那里，她未必躲得过！

张秋月说这时你还顾得上说这些，强强真没了你也未必能把你婆婆拉出来判刑。

“要是真丢了，我跟她要……”李小榕忽然停住口不说。

“未必你也想跟她要四十万？”张秋月说。

“那我也放不过她，她十条老命都比不上我强强一条小命！”李小榕说强强虽然岁数小也不是十万二十万能够打发的。

“其实不结婚蛮好。”张秋月说孩子就是最大的拖累。张秋月到现在还是独身，年轻的时候风花雪月，至今对象一个未成，现在已经没那心思。

张秋月陪李小榕去了派出所报警，李小榕没说几句话就放声大哭。

“大至还是大正？说清楚，哪家商店？”警察皱着眉头说。

李小榕看了一下手表，时间已接近十一点，便又哭起来。

马来亚这时恰又打来了电话，问李小榕这边怎么样？“找到没有？”

“你妈把孩子丢了你倒让我找！”李小榕几乎是尖叫。

“都几点了你还说这些！”马来亚的声音里充满了愤怒。

“屁话！”李小榕说。

马来亚百般忍不住，在电话里也开了骂口：“你才是屁话，放你妈溲屁！操你个妈！”

李小榕本是贱人，马来亚那边一发脾气她倒没脾气了。

“你说，强强会不会去了我妈那里？”

马来亚在电话里说你妈那里我已经去过了，“没有！”

这天晚上，马来亚和李小榕还有他们那些能赶过来的亲戚一直忙到凌晨，从大正街一直找到了江边，江水滔滔，江风阵阵，新桥工地那边灯光闪闪，哪里有孩子的影子？这边忙着找孩子，马来亚母亲那边却突然急得犯了病，天快亮的时候，来好叫来一辆急救车，把母亲送到了医院。急救车里放许多饮料，病人都没坐的地方，司机说这些饮料都是医院过年要分给职工们的福利。司机让马来亚的母亲躺在那些饮料上。

马来好想开口骂，却摸出一支烟。

“是不是强强在哭?”车行半路，马来好的母亲突然坐起来，说。

马来好说这时候恐怕鬼都在睡觉，哪有孩子哭。

“小时候，我把你用绳子拴在卖茶水的车上你还不是照样没丢?”马来好的母亲又说。

马来好的心里突然有一丝酸楚：“我们那时哪有现在这么娇贵！虽然我老子还是个总工。”

“要是真丢了，我怎么向你嫂子交代?”马来亚的母亲说。

“哪容易就丢掉，也许在什么地方睡着了。”来好说。

“那还不冻死?”马来亚的母亲说。

“这天气，哪能就冻死人?”马来好说。

17

吴美芳一夜无眠，耳边总像是听见强强从大水箱里发出的尖叫。

昨天，她抱着强强先去了公园，在那里一直待到天黑，然后才去了苏联楼，摸黑上那个楼，她一次次差点被绊倒，苏联楼当年是这个城市最好的楼房，当年不知道有多少人羡慕住在这里的人，既有自来水又有电话，有姑娘的人家都想把姑娘嫁到这里来。可现在楼梯上到处都是破砖烂瓦水泥块儿，拆迁户秋天都已经搬走。吴美芳抱着强强走上楼去，一直上到了最高层，也就是四层，穿过楼顶的那个小门，吴美芳抱着强强站在了楼顶上，风一下子大起来，远处是好大一片的灯光，二桥那边的灯光尤其好看，是一个好看的弧。抱着马来亚的强强，吴美芳闭上眼问自己，“是不是把马来亚的强强送回去?”有一个声音马上就在她脑子里愤怒地响了起来：“不能送！不能送！不能送!”吴美芳睁开眼，远远的灯光映入她的眼帘，她的脑子又像是一下子清亮了，一个声音又在心里问她：“你这是做什么？做什么？做什么?”“做什么？我儿翔宝也是一条命！未必就是一根草!”吴美芳听到另一个声音在愤怒地说。此时此刻，愤怒已经让吴美芳顾不上那许多，她抱着强强爬上了水箱。水箱上面都是鸽子粪。吴美芳把水箱盖子打开，踏着钢筋焊的脚踏下到了水箱里。吴美芳从家里带来了手电，手电一晃，水箱四壁的霜花被照得闪闪烁烁。吴美芳从水箱里出去的时候，强强尖叫起来。强强的尖叫让吴美芳的一颗心狂跳不已，她忙把水箱的盖子盖上。吴美芳从家里带来一把锁，水箱的盖子被她死死锁住。

吴美芳向来做事都重手重脚，这天早上手脚就更重，不是碰东就是碰西，抱着那件军大衣和一大堆东西从家里出去的时候，刘大宝正在厕所里解决自己的问题。刘大宝有便秘的习惯，前几天多吃了几口马来亚的辣火锅嘎鱼，这几天肚子里着了火一样百般不舒服，已经有五天没得拉出屎来。听见门响，刘大宝在卫生间里问了一声，“这么早?”吴美芳说这还早，迟了就买不到老文林的豆腐了。刘大宝说你头那地方怎么样?要不我去？吴美芳说那天没摔死大概就死不了，多干点儿比不干好。刘大宝说老文林豆腐急什么，“又不是什么珍稀东西，你在屋里歇着，还是我去。”

说话的时候吴美芳已经从屋里走了出去。刘大宝在卫生间里继续屙他的硬屎，这时屋里电话响了起来，刘大宝忙提了裤子去接，是吴美芳做事那家男人打来的电话，问吴美芳那箱子奶粉放在了什么地方？他们要喂小孩儿，却百般找不到奶粉。刘大宝说吴美芳这会儿不在，等她回来我告诉她。吴美芳做事的这家男人说她怎么也不配备个手机？现在手机又没几个钱，连大正街那边的乞丐手里都拿个小灵通！刘大宝心里说有手机也不会告诉你，好让你时时刻刻把她拎在手里？那是我老婆，你以为是谁!

“吴美芳去医院了!”刘大宝说。

放下电话，刘大宝又提着裤子去了卫生间，刚有那么一点意思，屋里的电话铃又响，那点点刚刚来到的便意一下子又没了，刘大宝干脆不再拉，提着裤子骂骂咧咧去接电话。电话是国字脸打来的。

“小吴呢？”国字脸说。

“去医院了。”刘大宝说你徒弟差点儿没一跤摔死。

“怎么回事？”国字脸说快过年了她又玩哪样花样？

刘大宝说那还不怨她自己，我妈刚刚擦过的玻璃她要再擦一次，“头朝下从凳子上摔下来，颈椎那地方差点儿摔断。”

“她这个人就是这样，别人做事她都不会相信。”国字脸在电话里说当年在农机上班的时候就这样，不过那时好赖还拿到个技术标兵，她这脾气注定改不了。

“改不了就再摔吧。”刘大宝说她那脾气就只有吃亏，她爸妈当年也没教她！

“你知道不知道马来亚把老二丢了？”国字脸忽然在电话里说。

“丢了？”刘大宝吃了一惊。

“丢了。”国字脸说。

“什么时候的事？”刘大宝说。

“就昨天下午。”国字脸说。

“真丢了？”刘大宝说。

“到现在还没找到。”刘建国说。

刘大宝忽然觉得心里猛地畅快了一下，身子也好像猛地轻松了一下，下边也像是不憋了：“莫不是又掉在水里！世上没这么巧的事吧？”

“马来亚一家人都找过江去了，找到开发区那边了。”国字脸说。

“哈哈！有意思，上帝真是有眼！给马来亚来个大活该！”刘大宝在心里欢叫起来。

国字脸说马来亚和他老婆现在都快急疯了，马来亚的老妈都急病住院了。

“那么个小人能去什么地方。”刘大宝说。

国字脸说马来亚的老二掉到江里倒不可能，他那小个子又上不到江边的栏杆。就怕碰到人贩子，年是人人都要过的，人贩子也不可能不过年，顺手抱一两个孩子一转手就是十多万！国字脸说这几天别让你家飞宝出去乱跑。

“我家飞宝？”刘大宝说他又不傻，这世上除了我，能玩儿转他的人恐怕还没出世！

国字脸又问吴美芳的事，“医院说没说要她住院？”

刘大宝说她那脾气你也知道，一大早又去买什么老文林豆腐，头上缠老大一圈白纱布，又像阿拉伯又不像阿拉伯。

“还是她不疼。”国字脸说这下子你们那四十万我看年前马来亚那边顾不上了，孩子找到还好说，找不到他哪顾得上？这才是好事多磨。

刘大宝不便对国字脸说那四十万的事，在心里不免又大骂：“马来亚，你个王八蛋！”

刘大宝不准备蹲厕所了，他恨不能吴美芳马上回来。

“马来亚，你个王八蛋！”刘大宝对着窗子大骂了一声。

18

快到吃中午饭的时候，吴美芳才从外边回来，她还在门口换鞋，刘大宝扑过去就对她讲马来亚家老二丢掉的事，吴美芳的反应却让刘大宝大失所望，吴美芳一边换鞋一边说两条腿长在小人身上，未必就是丢，也许走到了哪里，过一阵子又会走回来。

“你是不是已经知道马来亚的老二丢了？”刘大宝说。

吴美芳一愣，说我怎么会知道？又没人告诉我。

刘大宝说你说这是不是上帝给马来亚的一个大活该！

“人家丢孩子，你未必要开心成这样！”吴美芳说。

“我以为你会高兴。”刘大宝说。

“你自己好好儿高兴吧。”吴美芳说。

“马来亚丢了儿子我就是高兴！”刘大宝把身子转了一个圈儿，“我为什么不高兴！”

吴美芳没跟他吵，重重叹了口气，站起来去了厨房，刘大宝的母亲此刻正在厨房里忙晚饭，吴美芳站在那里破天荒地问了一下，“妈，要不要我做什么？”做婆婆的突然受宠若惊起来，说你快些歇歇，你快些歇歇。刘大宝也跟进了厨房，问吴美芳你是不是把买好的老文林豆腐忘了拿回来？我去取，你早上出去不是说要去买老文林的吗？吴美芳说想起来了，走到路上就把这事给忘了。刘大宝说你要不要去医院？你头怎么样？是不是这会儿懵得更厉害？吴美芳是有些懵头懵脑，她懵头懵脑从厨房出来又进了大屋，公公在那里看电视，飞宝也在看，吴美芳叹了口气，又从这屋出去进了自己那小屋，懵头懵脑又站在了窗前。

刘大宝跟进屋，又问：“你头是不是难受，要不要去医院？”

吴美芳坐下来，“那天摔不死就死不了，还去什么医院！”

“死不了就好，这下有好戏看。”刘大宝说。

“国字脸有没有说马来亚他们都去什么地方找过？”吴美芳说。

“马来亚的家人都找过江了。”刘大宝说。

吴美芳说就是不知道大至街周围他们去了没？二纺他们去了没？大正街他们去了没？

“乖乖！我哪会关心这些屁事！”刘大宝一拍屁股说，“老子就知道这事老子很开心，这回可以让马来亚全家过一个好得不能再好的年！我认为这个强强丢得是千好万好，让马来亚和他老婆也知道没了儿的滋味！”刘大宝转一个身，又对吴美芳说，“我刚喝了一杯番泻叶，这会儿大有感觉，我得赶快去完成我自己的任务。”

刘大宝去了卫生间，再提裤子出来时，吴美芳正在打电话，是给国字脸打，问马来亚那边都去什么地方找过？什么什么地方去过没有？什么什么地方去过没有？

国字脸在电话里说：“都找到江那边的开发区了。”

吴美芳愣了一下，“真是瞎找！”

“可不是瞎找，到这时候马来亚只有瞎找。”国字脸在电话里说。

刘大宝在一边站着说：“你头疼不疼！你头疼不疼！他家老二如果再掉水里你是不是还准备再发一次善心？”

“那你也未必会敲锣打鼓庆祝一番吧！”吴美芳说你刘大宝一个大男人什么时候做过大事！除了你们农科所的蔬菜种子庄稼种子你还做过别的什么事？你知道什么是大事，有本事你弄个大事出来？有本事你弄个大事出来让马来亚看看！有本事你让马来亚过个从来都没有过过的好年！

刘大宝愣在那里，把吴美芳的话琢磨了好一阵。

“让马来亚过个从来都没有过过的好年？”刘大宝说什么意思？

“有本事你跟我去趟马来亚家!”吴美芳说。

“去他家?”刘大宝的语气之中忽然有几分讥讽的味道,“就怕那四十万还没给你准备好!”

吴美芳说未必就是为了那四十万!

19

吴美芳去了马来亚的家。天变了,风刮得很大。

马来亚想不到吴美芳会来,开门的时候愣了一下。

吴美芳不但来,还提了几包“老正泰”点心。马来亚和李小榕都在家,李小榕的哥李小猛也在,还有马来亚的弟弟来好和马来亚的父亲马总,马总老多了,看上去又瘦又小,很难让人相信他当年就是农机的总工。这天马来亚印了许多寻人启事,自己出去贴了一部分,剩下的请朋友和熟人帮着贴。家里出了事,人人的脑子都像是灌了水,想不出主意,却又要硬想些主意出来,到这时候人们才知道,丢一个人倒比死一个人都让人难受,人死是一种结束,而一个人丢了找不到却是对人们的持久折磨。马来亚的家里很乱,该洗的没洗,该做的没做,都在那里堆着,李小榕的两只眼哭得像是烂桃。

马来亚住的还是农机当年分给他父亲的房子,虽然当年的三室一厅都比不上现在的两室,但要是和吴美芳的房子相比还是宽大了许多。当年吴美芳他们经常来马来亚家做客,吴美芳做菜不行，不是糊掉就是死咸，所以洗碗和收拾家都是她的事。马总还认识吴美芳，问吴美芳现在做什么？吴美芳把手伸出来让马总看，说天下是不是只有保姆的手才会这样？马总又问吴美芳头上是怎么回事？吴美芳说不小心摔了一下。吴美芳只坐了一会儿，和马总说了一小会儿话，然后便去了马来亚家的厨房，厨房里是又脏又乱，她打量了一下，便马上开始收拾，这就是吴美芳，两只手一辈子闲不住，连她自己都骂自己是犯贱！吴美芳先把好几天没洗的碗“哗啦哗啦”给洗了，又把烂掉的菜也顺便收拾了，干巴了的芹菜放在一个塑料袋里，把地上的垃圾也扫了。前几天马来亚带回家的鱼已经有了味儿，吴美芳把鱼也收拾了出来，鱼头已经不能吃，都一只只给吴美芳用力斩下来。

吴美芳收拾厨房的时候马来亚进来说了一句：“收拾它干啥？”

收拾完厨房，吴美芳又去了马来亚的卫生间，马来亚家的卫生间比吴美芳家的大许多，里边不但有洗澡盆，还放了洗衣机，吴美芳又帮着马来亚洗那一大堆床单枕套和衣服。

吴美芳洗衣服的时候马来亚又进来了一下，说“洗它干啥？”

衣服在洗衣机里转着，吴美芳又就手帮着马来亚把家掸了一下，一边掸一边顺手拿起一张寻人启事看了一眼，禁不住说道：

"寻人启事上怎么也要写出个数儿来，重谢，到底重谢多少?"

马来亚脸红红的还没说话，坐在那里的李小榕却一下子暴跳起来：

"你是不是来看我的笑话？啊——!"

李小猛把妹妹一下子拦住，"你怎么这样?"

"你发什么疯?"马来亚大声说。

"这种事当然应该说清楚给多少，你不要以为天下的人都跟我一样善良!"吴美芳即刻火起来，几乎是"嘭"的一下。

马来亚忙把话岔开，问吴美芳头是怎么回事?

"刚才已经说过了，那就再跟你说一遍，凳子没踩牢摔的!"吴美芳说。

"没事吧?"马来亚说。

"有事也是自作自受!"吴美芳说。

李小榕已经被她哥拉到了另一间屋子里，门也给从里边关上。

"也怪我妈。"马来亚想把话岔开，说上岁数的人打打牌可以，但不能只顾打牌……

吴美芳说别说这些，"你老婆放假在家怎么就不帮着看几天！那是她儿子，又不是你妈的儿子!"

马来亚忽然不知道该说什么了。

马来亚的父亲马总忽然在一旁开了口，“说得对，你妈岁数也大了。”

吴美芳已经穿好了衣服，要走了，她和马来亚的父亲道了声别，要他多保重。

“还是老农机的人好啊。”马总没头没脑地说。

马来亚把吴美芳送出来，站在那里，说：“人结婚做什么？结婚就是给自己找麻烦！生下孩子就更是找麻烦！”

“你老婆现在有眼泪，我现在连眼泪都没了。”吴美芳说。

“我知道你为什么来。”马来亚说。

“知道就好，我儿子的命也是一条命，不是什么随手就可以捞到的东西！”吴美芳的胸口那里已是一片波澜起伏。

“就按你的话来，假如你是我，你去什么地方找四十万？”马来亚说。

吴美芳答不上来，脑子里一片茫然，找不出一句话，嘴唇好一阵子乱抖。

“李小榕不同意给四万是她没人味儿！可你一下子开口就要四十万也未必有多少人味儿！”马来亚心里的闷气汹涌而出：“人是个什么东西？人到底是个什么东西？”

“那你就好好想想！”吴美芳说，大声说，声音大得头都要痛起来。

“人是个什么东西？人到底是个什么东西?”离开马来亚家的院子，寒可刺骨的风从北边吹来，吴美芳在心里一遍遍地问着自己。吴美芳在心里一遍遍地问着自己，跌跌撞撞，人已经站在了27路公交车站牌的下边，她背着风，车一辆一辆地过去，带起一阵一阵的寒风。人是个什么东西一下子不好说清，但孩子还是孩子。她不知道马来亚的强强此刻在楼顶上的水箱里会不会有事？今天上午她把大衣和一些吃的送了过去，强强的哭叫声让她心惊胆跳。好在那地方早已是人去楼空，不会有人听到强强的哭叫。又一辆公交车过来，吴美芳忽然清醒过来，她要到对面去坐27路才行，在这边坐27路只会越坐越远。吴美芳跌跌撞撞离开了站牌往对过走。大正北道这一带此刻车并不多，吴美芳一边往对过走一边望着左边，想不到右边一辆小车猛地出现在吴美芳的眼前。

吴美芳只来得及尖叫一声，人一下子飞了出去。

“人是个什么东西?”

吴美芳飞出去的时候脑子里还想着这句话。

20

吴美芳在医院里昏迷了整整三天，三天后，吴美芳醒来，她睁开了眼，看到了坐在她周围的亲人，还有放在床头的水果和罐头，还有一束花，已经快干枯掉，插在窗台上的一个罐头瓶子里。吴美芳的苏醒像是用了很长时间费了好大的劲，这期间她喝了点水，还吃了一点点水果，直到第二天下午，吴美芳才像是突然想起了什么，她忽然一下子坐了起来，把刘大宝还有吴美芳的母亲吓了大大一跳。吴美芳坐起来还不行，她把手上的液体也一下子拔掉，然后摇摇晃晃下地，然后是不顾一切跌跌撞撞往外冲。她穿得很单薄，因为躺在病床上，她只穿了一身秋衣秋裤，她就那么一下子跌跌撞撞冲出了病房，骨科病房在二楼，她跌跌撞撞走到楼梯口却不得不停下来，她站不稳，刘大宝从后面抱住她，吴美芳身子没有一点点劲，她软在刘大宝的怀里。

“马来亚的儿子，马来亚的儿子还在水箱里!”吴美芳挣扎着说。

那个年轻警察也跟着追了出来，他负责在医院里看守吴美芳，一旦吴美芳醒来，马上把她隔离。

“马来亚的儿子还在水箱里。”吴美芳挣扎着又说。

“你怎么能做那种事?”在后边抱着吴美芳的刘大宝对吴美芳说。

吴美芳停止了挣扎，回过脸，看定了刘大宝。

“你怎么能做那种事?”刘大宝又说。

“马来亚的儿子——”吴美芳说。

“你怎么能做那种事!”刘大宝又大声说。

“马来亚的儿子——”吴美芳大声喊了起来。

“一切都完了——”刘大宝说一切都已经完了，完了！

吴美芳整个身子突然坠下来，坠下来。

“马来亚，你个王八蛋——！”

吴美芳听见刘大宝的骂声，这声音突然又很小，也许只有吴美芳可以听到，刘大宝又在吴美芳的耳边说：“都完了，我告诉你，一切都已经完了。”

吴美芳小声说，“马来亚的强强怎么了？”

刘大宝的声音更小了：“告诉你，我要跟你离婚！”

吴美芳不再说话，瞪大了眼，看刘大宝。

“我要跟你离婚！”刘大宝又对吴美芳说。

“离婚？”吴美芳说。

“对，离婚！”刘大宝大声说。

走廊里的回音很大，连病房里的人都听到了刘大宝的喊叫。

21

春节过去，天气一天比一天热，吴美芳服刑的监狱和别的地方一样，院子里的桃花也相继开了起来。当年，农机院子里也有几树桃花，开起来也这么好。吴美芳看着桃花当即发起呆来。和吴美芳一起待在院子里晒太阳的犯人问吴美芳发什么呆？吴美芳说哪个发呆？我是想起我们农机院子里的桃花，比这里开得都好。那犯人说世界上的桃花都比这里的好。吴美芳说我先是在农机上班，还得过奖，后来下岗去卖玉米，拣了一个包，包里有六千元，我把包交给了警察，后来我开电梯，因为给飞宝打毛衣让给辞了，再后来我给人家当保姆，一天倒有差不多一整天都待在人家家里。现在我待在这里……吴美芳突然不说话了，她看着身旁那株桃树，那株桃树的树干上刻了许多深深浅浅的道子。她知道那道子是一个犯人刻的，那上边所刻的每一道都是一天。

吴美芳无心在桃树上刻道子，她也无心想以后的事，她不知道自己出去的那一天飞宝会不会站在外边等自己，但她知道到那时飞宝肯定已经是一个大小伙子了。

“飞宝——”吴美芳在心里低低喊了一声，眼泪不禁又淌了下来。

“哭什么哭，做人要硬气一些!”吴美芳的心里有一个声音在说。

但吴美芳就是硬气不起来，只要一想起飞宝，她的心就永远硬不起来。

“飞宝、飞宝、飞宝——”

吴美芳大喊了起来。

寻死无门

1

黄腊梅到家时，刘小富还没见回来。

黄腊梅给刘小富打了电话，说你是不是还没从医院出来？是不是又在那里和病友摆龙门阵穷磨时间？刘小富说哪个在摆龙门阵？告诉你老子今天根本就没打吊瓶。刘小富在电话里迟疑了一下，声音忽然小了下来，说黄腊梅你最好来一趟，王大夫有话对你说。

黄腊梅看看表，都快中午了，但还是马上骑着车子去了医院。

从医院回来，黄腊梅腿软得连楼梯都迈不动，但她不愿让刘小富看出什么，嘴上还一个劲儿对刘小富说，“好你个刘小富，结婚二十年你从来都不肯听我半句，这下好，你又吃药又打针又打吊瓶这长时间原来是白花钱，当时叫你好好查一下你不查，你老爸得胆结石你就说你也是胆结石，简直是白痴！这下你还说不说你是胆结石？”走在黄腊梅后边的刘小富不说话，此刻他觉得自己浑身都不舒服，都在冒冷汗，其实最不舒服的是心里的那种感觉，自己一直以为是胆结石在作怪，想不到今天一查竟然是肝里出了大毛病，王大夫说你也不必心慌，只不过是普通囊肿。王大夫不这么说还好，这么一说倒点醒了刘小富，刘小富脑子又不笨。要是普通囊肿，还叫黄腊梅去医院做什么？

进了家，黄腊梅一头去了厨房，她把馒头和昨天的剩菜一样一样放在笼里，愣了一会儿神，忽然说没酱油了，刘小富家的下边就是超市，买什么都很方便。黄腊梅下楼去的时候悄悄把手机拿在了手中。她想到楼下去给小富的姐姐打个电话，在家里打怕刘小富听到。黄腊梅有什么事都要请教刘小富的姐姐，仿佛就是她的守护神。

黄腊梅躲在楼下给刘小富姐姐打电话的时候忽然有了哭音：

“姐……出大事了，小富肝里边长了东西。”

“小梅你大点声。”刘小富的姐姐说你说什么地方长什么东西？

黄腊梅说小富一直说胆疼胆疼，今天一查才发现肝里长了东西。

“肝里长了东西?!”刘小富的姐姐吓了一跳。

“一个有拳头那么大，一个有核桃那么大。”

“肝里?”刘小富的姐姐又说。

“就是肝里。”黄腊梅说王大夫说恐怕已经是肝癌晚期了。

刘小富姐姐在电话里好一阵子没说话，老半天才说：“怎么会和我妈一样，查错了吧?”

黄腊梅说所以才想下午抓紧时间再到人民医院查一下，“但愿他们查错，姐……”

“你别急，别急，下午我陪你去。”刘小富的姐姐在电话里说。

“我儿子还没成亲呢!”黄腊梅似要哭出来，但她忍住。

“别急，别急。”刘小富的姐姐又说。

“不会是遗传吧?”黄腊梅说。

“不会吧?”刘小富的姐姐说。

打完电话，黄腊梅跌跌撞撞去超市买了两袋酱油。

这天中午，刘小富的儿子小丰没有回来，小丰大学毕业后一直找不到工作，脾气一天比一天大，最近自己出去找了份临时工作，中午一般不回家吃饭，家里就刘小富和他老婆两个吃饭，吃过饭，黄腊梅在厨房里一边收拾碗筷一边对刘小富说，“要不，下午再到人民医院查一下？”黄腊梅想让自己尽量说得轻松一些，刘小富跟在她屁股后边也进了厨房，他也想让自己表现得轻松一些，顺手抽支烟出来，说：

“去就去，老子就不信老子肝上真有了东西？”

黄腊梅突然朝刘小富扑了过来，把他手里的烟一把夺了过去，“你还敢抽烟？”

刘小富愣了一下，说抽支烟未必就会马上死人。

“哪个准许你说死说活！”黄腊梅说。

“不说不说，我还怕我死了你再找一个在那里快活。”

刘小富想把话说得俏皮一点，眼圈却猛地一红，喉咙那地方早已哽住，他忽然明白了，自己难受了这大半年，身体一天比一天差，原来自己是得了正经病！刘小富对这种病再熟悉不过，当年母亲得的就是肝癌，从检查出来到去世还不到两个月。

2

中午过去，下午黄腊梅又陪刘小富去了一趟人民医院。

人民医院在万花南路，离刘小富家不远，中间隔一个体育馆，体育馆旁边是儿童公园，远远就可以看到那个几层楼高的大轮子，因为天冷，这摩天轮没得人坐，只静静待在那里，每回看到这个孩子们最最喜欢的摩天轮，刘小富就在心里想，小丰怎么一转眼就再也不需要自己了？要是小丰再缠着自己带他坐一次摩天轮该有多好。

刘小富的姐姐早早在医院门口等着，风挺大，她围着一条茶色围巾，两眼不知看着什么地方，她的身旁，站着刘小富的姐夫，刘小富的姐夫是个开出租的，早起晚睡，平时忙得很，连过年也难得见着人影，但这一次非同小可，肝里长东西其实就是对一个人判了死刑，所以他放下生意不做也跟上来了。医院门口这天不知为什么插了许多红旗，风从北边吹过来，红旗“哗啦哗啦”响成一片。刘小富姐姐已经和这里财务科的熟人联系好了，来了就检查，不用等，下午看病的相对也少，CT和B超又用不了多长时间，一会儿就好。刘小富上了两回楼，又到地下室放射科去了一下，很快又都一一查完，刘小富姐姐让黄腊梅和弟弟在医院门口等她，她和刘小富的姐夫留下来等检查结果。其实结果早已出来。肿瘤科彭大夫已经看过片子，他对刘小富的姐姐说：

“两边检查结果都一样，已是晚期了。”

“不会有错？”刘小富的姐姐说。

“不会。”彭大夫用手指点点X片子。

“可以不可以换肝？”刘小富的姐姐忽然说。

“恐怕不行。”彭大夫说。

“能换最好。”刘小富的姐姐又说一句，心里忍不住一阵乱跳，一个声音在她心里说就是能换小富又去哪里找这笔钱？

彭大夫说这都已经是晚期了，“早就错过了换肝的机会。”

“大概，还能拖多久？”刘小富的姐夫在一旁结结巴巴问了一句。

“三个月到半年吧。”彭大夫说换肝手术你们别想，但介入手术必须马上做，病人已经有了腹水，这里，这里，彭大夫指着片子，所以不能再等，想吃点啥就吃点啥吧。

刘小富的姐姐顿时在那里愣住。

从门诊楼出来，刘小富的姐姐想尽量让自己装着轻松一点，但她怎么轻松得起来，她想装着轻松，却更显得紧张，她对眼巴巴等在医院门口的弟弟小富说：“问题不大，你放心，是普通囊肿，隔天咱们再到军区医院找专家看看片子。”刘小富的姐夫也想说句什么，张张嘴，却无话可说，忽然望望街对过，说：“要不，咱们在一起吃顿饭吧。”这时候，差不多已经快到吃晚饭的时候了，医院对过就是万花西路上最有名的“红宝石饭庄”，土菜做得十分地道。

点菜的时候，平时过日子极是节俭的姐姐乱点了许多好菜，要在平时，刘小富不但饭量大，还必要喝酒，这一回，他没提酒，刘小富的姐夫开车不能喝，却忽然问了一句：“要不，我陪你喝两杯?”刘小富的姐姐马上在一边生气地说：“你胡说什么？这么好的菜，你们两个多吃菜！”刘小富的姐夫不再说喝酒，便不停地给小富夹菜。小富想多说几句话，又百般找不出话来，好容易找出一句话，却是：

“活多大年纪也是个活！其实都一样！没什么了不起！”

刘小富这么一说，黄腊梅的眼里猛然汪上了泪水。

“那能一样，我儿子还没成亲呢！”黄腊梅说。

这顿饭吃得味同嚼蜡，剩下一多半饭菜打了两个包，一包带给刘丰，一包带给刘小富的外甥女小静，小静已经到了预产期，这几天一直住在小富姐姐的家里等动静。

这天夜里，刘小富怎么也睡不着，后来他干脆不睡，悄悄去了儿子刘丰的房间打开电脑查肝癌资料。儿子醒来去厕所，吓一跳，说老爸你干什么？怎么这会儿都没睡？看什么好东西？刘小富怕儿子发现自己查什么，忙把电脑关掉，电脑一关掉，窗子那里却猛地白了一大块，想不到外边已是大亮。

刘小富不想再睡，干脆穿衣服去了菜市场。快要过年了，刘小富决定先买些肉回来。刘小富在心里说：“不管老子活到活不到过年，老子先让老婆儿子好好吃顿红烧肉再说！”出现在菜市场的刘小富两眼红红的，一夜间，人老了许多，买肉的时候，刘小富在卖猪肝的那里愣了老半天。

“吃啥补啥。”回来的时候，刘小富提了一副猪肝。

“对，吃啥补啥！”黄腊梅说。

刘小富把自己的拳头放在猪肝上比了比，说，“难道真有这么大？”

“别瞎想，人肝比猪肝大得多！”黄腊梅说。

“我得马上跟霍光芒把欠咱们的钱要回来。”刘小富说。

“要不我去？我不信他养小秘有钱，给你结账就没钱！”黄腊梅说。

“还是我去！”刘小富说，心里的一句话是：“再不要也许就没机会了！”

“姐姐刚才来了电话，医院那边问了一下，做一次介入手术是一万五。”黄腊梅一边用水龙头冲猪肝一边对刘小富说这不算给大夫的好处费，“咱们还是从北京请大夫吧。”

刘小富继续说要钱的事，“亏他还叫什么霍光芒，一点都不光芒！叫他妈霍黑暗算了！现在的人怎么这么黑暗！什么意思，想等到老子死了把这笔钱赖掉！”

“你瞎说什么！”黄腊梅说，“你知道不知道生气对肝更不好。”

“老子已经这样！还什么好不好！”刘小富一屁股坐了下来。

“做完介入治疗就好了。”黄腊梅对刘小富说咱们的好日子长着呢。

“但愿吧。”刘小富苦笑着说我总不能比我老子早去那个地方吧。

“做完手术再说别的，要钱的事先往后搁搁。”黄腊梅说。

“要是……”刘小富看着黄腊梅，那半句硬是没敢说出来。

3

做完介入手术，休息了一个多星期，刘小富去了霍光芒的家。

风从北边吹来，天上的云给吹得又薄又平，太阳光灰灰的。

刘小富上楼上得好痛苦，每迈一步身上到处都疼。霍光芒住五楼，刘小富一边上楼一边喘气，还没进霍光芒的家刘小富就看到了立在走廊外的那扇白漆门。刘小富认识这扇门，门是霍光芒的，门上有个大窟窿，没有这个窟窿还看不出厚墩墩的一扇门原来只不过是两张薄薄的合成板做的。刘小富奇怪门上怎么会有一个大窟窿，怎么会卸下来立在走廊里。

霍光芒的老婆在家，开门的一刹间竟然没有认出站在门外的是刘小富。

“你找哪个？”霍光芒的老婆说。

刘小富说你怎么连我也认不出来了？

霍光芒的老婆这才“啊呀”一声，忙把门打开。

刘小富坐下来，说外边那是你家的吧？要大兴土木？

霍光芒的老婆马上说，“我这日子没法过了，门是给霍光芒这个王八蛋给砸的。”

“他疯了还是钱多撑的？”刘小富说。

“他要跟我离婚！”霍光芒的老婆说霍光芒这个老不要脸的，一点脸都不要，我家老二还没对象，他这样闹，老二还怎么搞对象？

刘小富早就知道霍光芒养小秘的事，但就是养小秘也不至于和自己老婆闹成这样。

“是不是小秘调唆的？”刘小富说。

“什么小秘？那婊子都四十七八了！”霍光芒的老婆气不打一处来，差点要跳起来，说他霍光芒要是养个十七八二十多的也算是他有本事，一个烂得不能再烂的老烂货，不知给多少人搞过！那婊子说好听点是公共汽车，说不好听的是共公厕所！人人都可以去她那里排泄！

“养了个四十八的？”刘小富吃了一惊，想笑又笑不得。

霍光芒的老婆说我也不怕你笑话，这女的真不知道有过多少男人，你说他霍光芒是不是疯了？还说是为了爱情！一家人现在都不肯跟他说话，他就拿门出气！我倒希望他跳楼！

刘小富想把话引开，说：“你家老二听说在北京打工？”

“你说老二还结婚不结婚，传出去，有这样的公公，哪个姑娘还敢上门?”

“他妈的话他听不听?”刘小富记着霍光芒是个孝子。

“屁!”霍光芒的老婆朝地下唾一口，骂道：“霍光芒已经疯烂了!”

“他妈说话他也不听?”刘小富又问。

“以前还听，现在不听。”霍光芒的老婆叹口气，说他妈也快让他气死了，气得一打嗝就不得停！一个人不要脸就什么都不顾了。霍光芒老婆就又说起去年过年时候的事，说霍光芒连过年都不回家，就待在那个婊子那里点了蜡烛喝红葡萄酒说要找什么情调！两个儿子去找他那婊子还报了警，到后来闹得派出所都批评这老不要脸的。

“真是四十八?”刘小富好像是不太相信。

“差两岁整五十!”霍光芒的老婆说这我还能对你说假话，要是养个二十岁的我也不这么生气，算他有本事！算他流氓流出成果!

刘小富忍不住笑出声，脸色却突然大变，豆大的汗珠马上爆满一脑门。

刘小富的样子让霍光芒的老婆吓了一跳，她暂时收起自己的兴奋，问刘小富：“你是不是病了？你脸色怎么这么不好?”

“不好吧?”刘小富说。

“真不好。”霍光芒的老婆说你应该去医院看看。

“还看什么看。”刘小富说。

“人过中年事最多，你要是有点事黄腊梅怎么办？”霍光芒的老婆说。

“我已经是肝癌后期了。”说这话，刘小富倒显得出奇的平静。

“瞎说！”霍光芒的老婆几乎又要跳起来，“你好好儿一个人，怎么会得肝癌？”

刘小富说没人愿瞎说这个吧？自己确实已经是肝癌后期，天地再大也没什么想法了，这次来就是想让霍光芒把欠自己的那两万给自己结了，刘小富又说，自己刚刚做了一次介入手术，一次两万，马上要做第二次，还有第三次，明知是死也得做，自己这是害人，把老婆孩子都要害死了，上边还有个可怜的老爸！

霍光芒的老婆瞪大了两只眼，说，“真想不到。”

“我这是害人，我把我老婆和儿子害了。”刘小富又说。

“害人的是霍光芒！霍光芒，王八蛋！”霍光芒的老婆又骂起来，一边骂一边在屋子里转来转去，忽然站住，“也许是查错了，医院里现在经常出错。”

“错不错我自己还不知道？”刘小富说所以光芒不能再把我那两万拖下去了。

“我打电话他肯定不接，要不，你给他打一个？他总不能连你的电话都不接!”

刘小富说我打他也不会接，上次我用街上的公用电话打给他他才接了一下。

“这个王八蛋!”霍光芒的老婆又骂道，骂归骂，霍光芒的老婆也没办法，她忽然对刘小富说：“要不，我带你去，他这会儿不在单位就肯定在那个婊子家。”

刘小富摆摆手，头上的汗又下来，“今天我是不行了，你告诉他一声，就说我也没几天了，那两万他已经欠了我三年，我就是花不上，到时候也要把它交给我老婆我儿子，我儿子到现在都没找到正式工作，是我害了他们，得这种病就是害人，害人！其实我也是受害者，谁让那几年天天都要陪着农机厂的客人喝酒，别人搞业务是弄钱，我搞业务是给自己弄病，这会儿想找个说话的地方都没有，听说农机的地都卖了，好在我老子的那几个可怜工资还能开到手。”

霍光芒的老婆张着嘴，看着刘小富，眼里突然也有了泪水，泪水马上就要流下来了，她突然进了另一间屋子，出来的时候手里拿了几张人民币：

“家里也就这么些。”

刘小富说：“不不不，什么是什么。”

“你拿去买些营养品。”霍光芒的老婆说这跟那个王八蛋没一点点关系。

刘小富不拿，霍光芒的老婆硬要把钱塞给刘小富，刘小富浑身发软，又一屁股坐下，自从检查出肝里长东西，刘小富觉得自己是一下子就垮了，从身体内部一下子就垮了。他把钱放在茶几上，倒气喘吁吁反过来劝霍光芒老婆，"夫妻还是原配的好，让他疯够了他就不疯了，不过，霍光芒这人真是太自私，他欠我的钱且不说，他都不肯为他两个儿子想一想，他知道不知道到老他靠谁？"

"靠谁？"霍光芒的老婆说就让他靠那个婊子好了！

刘小富离开霍光芒家的时候，霍光芒的老婆又从家里追出来，把手里的钱硬又塞到刘小富的口袋里，刘小富这次不再推推让让，他只觉得自己连一点点力气都没有。从院子里走出来，回头看看，霍光芒的老婆还站在那里呆呆地看着自己，刘小富就又往前走了几步，直走到谁也看不见谁，刘小富才找个地方坐下来。刘小富突然笑了一下，想不到霍光芒居然搞了个四十八岁的，多少天来，这倒是一件非常让人开心的事，想一想，刘小富忽然又伤心起来，就是五十八的，自己也没那个机会了。刘小富把霍光芒老婆塞给他的钱取出来数了数，一共三百块。停一会儿，他又把那钱数了一下。"十万、二十万、三十万。"刘小富苦笑着对自己说："要是三十万还差不多。"

"三十万？三十万又能做什么？"另一个声音马上在刘小富的心里说，"又要买房子，又要给你儿子找工作又要给你儿子娶媳妇，三十万能做什么？"这么想着，一个念头突然从刘小富心里窜了出来，刘小富从心里抖了一下，忽然明白自己现在最最当紧的是想办法给老婆和孩子留一笔钱！这也许是自己最后能想到的事情了！这也许是自己最后要办的最最重要的事了！母亲当年从得病到去世让刘小富太明白这种病是怎么回事。坐在那里的刘小富忽然摸摸自己这里，再摸摸自己那里，摸摸胸，摸摸腰，那天在医院碰到的那个卖血的人的那张脸又出现在他的脑子里，一个想法，突然从刘小富的心里跳了出来。为了自己的新想法，刘小富的两只眼里忽然有了亮光。

"反正也是个死！大不了就是个死！最终也是个死！"刘小富在心里说。

4

从小到大，天气再冷刘小富也没戴过帽子，而现在刘小富不得不戴着帽子出门。

刘小富这天去了矿总局医院。矿总局医院离市区好远，在万花南路最西边，再过去，都快要到梅洛水库了，梅洛水库周围现在盖满了商品房，已经成了很大的一个小区了，人们都奇怪，水库里的水去了什么地方？不少人担心，要是水库里再有了水，那些房子还不被淹掉？

刘小富满脸的疲惫，坐在了自己的小学同学姚海泉的面前。

姚海泉是矿总局医院药剂科主任，日子过得肥得很，手下养了一大批跑药的，中秋节那次同学聚会请客，姚海泉只打了一个电话，马上就有人把五桌饭菜定好，原来说好的同学们每人出二百，结果让姚海泉一下子给解决了。姚海泉年轻的时候长得可真是讨人喜欢，想不到一到这个岁数人的模样会起这样大的变化，人胖不说，又早早谢了顶，还是一脸的毛糙胡子，怎么看都一点点不可爱。

“刘小富，怎么会是你？”刘小富的样子让姚海泉吓一跳，几乎要跳起来。

“妈的，怎么就不会是我？”刘小富说。

“你怎么想起来这地方？”姚海泉说你怎么这么憔悴？是不是女人搞多了？

“没事吧？”刘小富摸摸自己的脸，说自己是想替朋友来问一件事。

姚海泉马上就皱起了眉头，说这几年的药不好做，库里的新药堆积如山都出不去，上边又查得紧，整天苍蝇一样叮在这里。

“我又不跑药。”刘小富说你他妈别害怕。

“那我还能为你做什么？”姚海泉说你是不是想要美国伟哥？可以白送你一盒玩玩儿。

“不是不是，都不是。”刘小富说伟哥和我无关，是有人想问问可不可以卖肾？

“卖肾？”姚海泉大吃一惊，说自己从来没碰过这种犯法的事情。

刘小富说自己只是替朋友打听打听。

“还有打听这的？”姚海泉说自己在医院都没听过有人打听这的。

刘小富说这又不是什么稀罕事，那东西每个人身上都有两个，留一个自己用就行，卖一个得二三十万还可以派大用场。

“说得轻松，可不是这么轻松的事！”姚海泉说那是人体器官。

刘小富看着姚海泉，忽然又说：“还有，角膜？”

姚海泉就又笑了起来，说刘小富你这家伙是不是入了黑社会，要什么有什么！有没有鸡巴！是不是要搞批发？你知道不知道这东西是人体器官，是犯法的，是黑社会！

“你说现在什么事情不犯法？大家都在犯法！”刘小富说。

姚海泉说你说的也是，越是当官的越犯法，带头犯法。

“犯法才能过得好些。”刘小富说。

“也是。”姚海泉说规规矩矩的老实人从来都没好日子过！

“有没有先付钱，到时候再把东西拿走？比如角膜。”刘小富说。

姚海泉一张嘴笑得好大，说到时候？到什么时候，到这人死了再把角膜和肾拿走？

“对。”刘小富说。

“那谁能知道自己什么时候死？”姚海泉说。

“我就知道。”刘小富的手慢慢抬了起来，猛地一下子把自己的帽子摘了下来。

姚海泉张了一下嘴，当即愣在那里，凭着职业敏感马上明白刘小富可能是得了什么病，并且马上就明白刘小富经过化疗了，要不他的头发不会像现在这样稀稀落落难看得要死。

“你看看我这样子。”刘小富说好看不好看？

姚海泉也不再笑，小声说：“病了？什么病？”

刘小富忽然觉得自己竟然能这样平静地把话一下子说了出来：“肝癌晚期了。”

姚海泉又吃一惊，明白刘小富刚才是在说自己，姚海泉想说些什么，但他不知道自己应该说些什么？面对一个已经被判了死刑的老同学，你说什么都会显得不合适。姚海泉想想，立起身把身后的铁皮柜子打开，从里边取出一小沓钱来。

“你什么意思？”刘小富一下子站起来。

“就当我去家里看你，想吃什么你买点什么？”姚海泉想开个玩笑，说，“要是没胃口干脆去找个小姐玩玩儿，好好儿打几炮!”

“不是这个意思!”刘小富说。

“同学一场什么意思不意思。”姚海泉硬把钱往刘小富手里塞，说你别嫌少，你快拿起来，待会儿来人还以为你是跑药的，我是受贿的，两下子都不好。把钱塞到刘小富手里，姚海泉转身又从铁皮柜子里取出一盒儿茶叶，“青岛朋友送的日照茶，你拿回去喝。”

“我现在不能喝茶。”刘小富说。

“客人总是要喝的。”姚海泉把刘小富的手按住，刘小富的手冰凉冰凉没一点温度。

刘小富想再说几句话就走，便又说到角膜和肾。“我他妈也想开了，一是不能把自己的东西浪费了，二是自己要尽可能给老婆和孩子留些钱，反正也没几天了。”

姚海泉说这种事几乎没有可能，除非你是需要换肾的那个病人的亲戚，角膜的事也不可能，“那是要摘眼珠子的事。”

刘小富摸了一下自己的脸，感觉中已经是骨头一把。

“你这真是下下策。”姚海泉说癌症也没什么了不起，也有好的，不可悲观。

“哪有那种可能，要是长在胃和肺那地方还差不多。”刘小富说自己早就上网查遍了。

“好好儿养着，也许一下子就好了，现在许多事情都说不清，你可不能在咱们同学中开这个头儿。”姚海泉说。

刘小富心里忽然好一阵子说不出的酸楚。

姚海泉忽然又对刘小富说，“要是你真那么想，你不妨到网上留一下言，现在什么宣传都没网络厉害，再不你就试着贴些小广告，把电话留在上边，让人们跟你直接联系，不过，你是不是开玩笑……”

刘小富又苦笑了一下：

“我是自己把自己给耽误了，我一直以为自己是胆结石，一直没当回事，岂知儿子和老子并不一样！我也算是让我老子给耽误了。”

和姚海泉分了手，刘小富去“骨里香鸡店”买了些老爸最爱吃的凤爪，他准备去看看老爸，快过年了，他想去老爸家看看都有些什么要做？老爸已经七十三了，有些活儿不能让他再做，比如收拾家，擦玻璃，这都是很危险的活儿，从前这些活儿都是自己和黄腊梅做，今年可以让小丰来做，小丰快放假了。刘小富已经想过了，怎么对老爸交代自己的事是个大事，在那一天到来之前自己必须要向老爸有个交代，这需要一个过渡，刘小富想好了，就对老爸说自己有可能要去很远很远的地方去做事，能远到什么地方呢？这么一想刘小富就十分痛恨农机厂，怎么就让自己早早下了岗，要是自己现在还有工作，自己就可以对老爸说自己要出国，去国外搞施工，也许三年，也许五年，也许十年！以老爸现在的岁数，也许活不过十年了。自己怎么就得了这病，倒让白发人到时候送他这个黑发人？

刘小富忽然蹲了下来，两手一下子捂住了脸，脸上热热的东西流下来。

很快，有人走了过来，对刘小富说：

“哎哎哎，怎么蹲这地方？这不是蹲的地方。”

刘小富把脸上的眼泪擦掉，这才发现自己是蹲在路上，身旁已经堵了一溜车，停在最前边的司机正探出头怒冲冲看着自己，不等刘小富站起来，已经慢慢慢慢把车开动了。

刘小富一下子火儿了，跳起来说：

“轧啊，轧啊，有本事从我头上轧过去。”

刘小富一喊，那车就又停了下来。

“你把老子轧死老子倒有办法了！”

刘小富朝那车走两步，把帽子一摘，又大声说。

那司机果然被吓住，把车停了。

“开呀！你开呀！”

刘小富的脸上都是泪水，头上所剩无几的头发被寒风吹起落下，落下吹起。

5

刘小富去贴广告，马上就要过年了，对联和灯笼还有爆竹已经摆到了街上。

刘小富的棉大衣口袋里，一边是广告，一边是胶水，他一边走一边贴，走走贴贴，也不管周围有人没有人，心里还说“看什么看，老子现在死都不怕还怕你们看我贴广告?”为贴这广告，刘小富一直走到了这个城市的最西边，再往西就是万花路大货场，他计划在西边贴完再到南边。刘小富倒是很怕熟人看到自己，后来他又进了几个小区，把广告直接贴到楼门上。广告上的那几句话倒直截了当：“因为生活所迫，我决定出售自己的肾脏、角膜，本人健康无病，有需要的可与1354603××××联系，价钱面议。”

刘小富贴广告的时候，忽然有个人在他背后说：

“这种广告最好贴在医院门口，贴在这里没用。”

是个胖胖的中年人，手里也拿了一沓子小广告在到处贴。

刘小富想想也是，便又去了几家医院，口袋里的小广告快贴完的时候，刘小富还特意悄悄去了一下霍光芒那里，在他的单元门上贴了一张，又去了一下霍光芒的单位，在霍光芒单位的楼门口也贴了一张。霍光芒的工作单位也就是刘小富当年的工作单位，以前单位外边的法国梧桐都给砍了，现在盖了不少门面房出租，都是温州人在那里卖塑料制品，离老远都能闻见那股子难闻的塑料海绵的味道。

贴完广告，刘小富直接去了老爸家。

刘小富的老爸以前是农机的车间主任，说话办事都特别有一套，但自从刘小富的母亲去世后，刘小富的老爸好像是一下子就老了。刘小富一年也难得去几次老爸家，他不愿听老爸总是在那里教训自己，所以去了总是和老爸顶嘴，自从查出肝癌后，刘小富现在是一有时间就去，去了和老爸坐坐，或者就在老爸那里躺一下，刘小富的老爸还住在万花南路的老房子里，刘小富在这栋老房子里长大，结婚后生下小丰才搬开。刘小富对老爸说趁现在还没出国跟您多坐坐，一旦出国去打工说不定多长时间才会回来。“出国?”刘小富的老爸说，“现在就这么轻轻易易就让你这样的人出国？要是跑了呢？跑出去再不回来呢?”刘小富笑了一下，不想和老爸讨论这些事，老爸的话是老掉牙，是另一个时代的声音，刘小富说就我，又没搞房地产的老子，就是跑出去也顶多是个要饭的叫花子，还不如不跑出去的好。

“你那头发是怎么回事?”小富的老爸瞪瞪眼，问小富。

小富说可能是游泳池里不干净，可自己又舍不得扔掉那份工作。

小富的老爸说你从小又不傻，自己把头发弄成这样真是白痴。

“还不是像你。”刘小富说明知一个人过日子连个说话的都没有怎么就不雇个保姆?

“我这么大岁数还要什么保姆?”刘小富老爸说我一辈子自在惯了。

“笑话!岁数大了才要保姆。”刘小富说爸你是不是老糊涂了,说话这样颠三倒四!

“我又不是不能动了。”刘小富的老爸说。

刘小富说你那工资一个人又花不了,我们又不花你的,你就是留下我和我姐也不会要你一分,你还是趁早花了,雇个保姆我和我姐也放心。

“雇了保姆你们不来怎么办?”刘小富的老爸说这我还不知道。

一句话说得刘小富无语,老爸不安电话也是这个道理,说安了电话你们就更不来了。

刘小富说我懒得跟你斗这个嘴,一来了就斗嘴也没什么意思,花盆干成这样都不懂得浇一浇?

刘小富的老爸忽然想起刘小富说的过些时候要出国的事,说现在打工的都能出国,要在以前出一趟差都得开证明换全国粮票,没有全国粮票吃饭都成问题。刘小富的老爸又说起旧事,说那年去河南把粮票丢了,整整两天天天吃胡萝卜,吃得直吐酸水。

刘小富的手机就是这时候响起来的，刘小富放下塑料喷壶看了一下号码，想不起会是谁给自己打过来的。接了电话，那边的人马上说：

“你是不是就是那个要卖肾的人？”

刘小富吓了一跳，一下子跳起来，怎么会这么快？才把小广告贴出去，电话就打过来了。刘小富马上去了厨房，关了厨房门，小声问电话里的人，“你什么意思？”

“我问你是不是就是那个想卖肾的人？”电话里的人又说了一句。

刘小富觉得电话里的口音有些耳熟，便问：“你是哪个？”

电话里的人说你别管我是谁。我问你是不是刘小富？

刘小富的耳朵里就“嗡”的一声，怎么这个人连自己的名字都知道了，自己分明没有在那小广告上留名字。正迟疑着，电话里的人又说了话，“你怎么连我都听不出来了？”

刘小富的头这才不那么懵了，他忽然想，这个口音会不会是霍光芒？

“你是霍光芒？”刘小富说。

“算你耳朵好。”电话里的人果然是霍光芒，霍光芒说想不到我那老婆没有说谎，我老婆告诉我说你那天去我家了，说你有病了，而且是正经病。我刚才一去办公室就看到了小广告，我看小广告上的电话像是你的电话，霍光芒在电话里说想不到你真会得这病？你别以为我不急，我这就去想想办法，看看去什么地方把钱挪一下。霍光芒说你倒好，昨天我老婆跑来把我骂个臭死，霍光芒又说，我不是躲你，那些钱我千不该万不该拿去让白家骏这王八蛋去开什么铁粉矿，弄得我人不人鬼不鬼，你放心，你出了这事，我说什么也得让他先把你那两万挪一下先给你。

“就是给不到我手里，到时候你记着也要把这两万给我老婆孩子。”刘小富说。

“看你说的。”霍光芒说我岂是那种人？我要是那种人还会给你主动打电话？

刘小富想想也是，从小一起长大，霍光芒就是想坏也坏不到哪里。

霍光芒又在电话里说了话：“你是不是专门在我的办公室外边贴了一张？”

“那又怎样？”刘小富说你门口又不是国务院门口，贴不得？

霍光芒说你是个傻×是不是？你怎么留你自己的手机号在上面，认识你的人一下子就都知道是谁了，1354603××××。

“那又怎样？”刘小富说。

霍光芒说你就不怕别人知道？

“我都这样了，还怕什么?”刘小富说知道的人越多越好。

霍光芒忽然没了话，停好一会儿才说这事要是让你老爸知道了呢?

刘小富忽然紧张了起来，小声说我现在正在老爷子家。刘小富侧耳听听外边，老爷子像是还在看电视，只有电视在响。

霍光芒继续在电话里说，“想想也是，要是换了我我也许也会想到这主意，一个人一辈子不给老婆孩子留点怎么也说不过去，要是有人买你那肾也是好事，你敢这么做就是英雄，就是真正的男子汉！我的麻烦事是千不该万不该不该把钱借给白家骏这个王八蛋!”

刘小富在心里说你未必就不是王八蛋，你明明知道那两万不是你的钱你怎么还要借给那个白家骏？拿别人的钱风光算什么本事？这么一想，刘小富的心就硬了起来，他对电话里的霍光芒说我也这样了，连自己的肾都敢卖了，那两万希望你尽快给我，那是救命钱，利息我就不说了，那两万，你要是不还，我就是到了那个世界都不会忘记。

霍光芒在电话里忽然没了话，好一阵子，才说：“看样子你不是编了故事给我听，我也不能对不起你，看情况吧，要是有可能连利息一并还你。”

刘小富差点叫了起来，“我要是会编故事就好了，那两万就不会让你拖到如今。”

霍光芒在电话里说他会想办法的，说到编故事，霍光芒说我老婆王小琴最会编故事。霍光芒说自己根本就不是乱搞，现在的女朋友是自己以前的女朋友，“十七八岁那会儿就认识了，当时感情好得不得了，还不是因为王小琴的老爸是总工我们当时才没走到一起，既然那时候走不到一起，这时候再走在一起有何不可？”

刘小富说走到一起走不到一起是你的事。

“我现在对这些事一点点兴趣都没有，我只关心我那两万块钱。”

霍光芒说你得这病，你以为我不难过？人活着谁都不知道谁会得什么病，会什么时候去死，所以我更得和那恶婆娘离婚，我和她离了婚法律会给我做主，看看她还能不能把我的工资卡死死攥在手心。

“你的钱她拿来花未必有什么不对。”刘小富说。

“你不知道我那恶婆娘有多恶！”霍光芒说。

刘小富想劝一句霍光芒，“再恶她也是你儿子的妈！”

“哪个女人做不了我儿子的妈？就现在，我保证一炮一个准。”霍光芒说。

刘小富悄悄把门开了一道小缝朝外看，老爸坐在那里，面对电视，一动不动。刘小富正要把门关上，老爸忽然开了口：“打电话跑到厨房干什么？好事不背人，背人没好事！你儿子也不小了，不给别人看也要给他看着对头才是。”

刘小富说那天买的凤爪怎么还没吃完，就会唠里唠叨，懂不懂再放就要坏了。

6

这天晚上，刘小富刚刚吃过饭，肚子忽然又不行了，介入手术做完以后他总是拉肚子。他这边刚蹲下，放在屋里的手机突然响了起来。刘小富提着裤子从厕所里冲出来，一把把手机拿到手中，然后又回到厕所里，刘小富按一下键子，手机里边马上就传出一声惊呼：“通了！通了！”这个人有点结巴，这个结巴说：

“请问你是是不是就是想卖肾的那个人？”

刘小富皱了一下眉头，忙把卫生间的门往紧了推了推，用最小的声音说，“你说吧。”

结巴说，“是是是是就好，那你是什么血型？”

刘小富说，“A，A型。”

结巴几乎是叫了起来，说，“怎么会会会这么巧？”

结巴好像是和刘小富这边说一句话就要和电话那边的人商量一下，停一下，结巴又说了，说，“你今今今今年多大了？”

自从查出肝里的病以来，刘小富脾气一直都不太好，特别容易急躁又特别容易发火。

“四十八！怎么样?”刘小富说。

“四四四四十几?”电话里的结巴说。

“差两个月四十八。”刘小富心里说妈的个×，老子往小了说一百岁你未必能知道！

“好好好，好好好。”结巴在电话里又说：你没没没病吧?

“你说我有什么病?”刘小富说。

“好好好，好好好。”结巴说你怎么想起卖肾?

刘小富忽然答不上来了，为什么？还能为什么？有一股热汽好像一下子从下边冲了上来，一直冲到了刘小富的脑门那里，刘小富的声音不觉大起来：

“为哪个！为了钱！”

“那那那，那好。”电话里的结巴说那你准备卖多少钱?

刘小富已经想好了，自己的这个肾绝不能卖少了：“三十万。”

电话里的结巴好像不会说别的话，只会说：“那好那好。”

“那好，那好。”结巴在电话里说咱们马上见见面好不好?

刘小富迟疑了一下，说，“好与不好我现在还不知道，你们等我的电话就是。”

电话里的结巴说：“为什么要等。”

刘小富说我不得想想卖给哪个？今天已经有四五个人都来过电话了。

电话里的人不那么结巴了，说，“咱们先见见面好不好?”

“我得想想。”刘小富又说。

“还，还想什么?”结巴说。

“那是我的肾脏，老子现在要把它割出来卖掉，我不得想想!”刘小富说。

“我老子，我老子再等恐怕就来不及了。”结巴说这是救命的事。

刘小富不再说话。

结巴忽然又说，“可以再给你加些钱，只要你快，咱们明天见见面好不好?”

刘小富刚才的那一点点便意忽然没了，刘小富坐在马桶上，用手摸肾脏那地方，肾脏是不会跳动的，但此刻刘小富觉得那颗肾在“突突突突”跳。刘小富心想明天已经和医院约好了要去做检查，因为又马上要做第二次介入手术。

“明天可以不可以? 喂喂喂。”电话里的结巴问。

“行吧。”刘小富说。

“你怎么在卫生间里打这么长时间电话?”黄腊梅这时在外边说了话，你臭不臭?

“我自己拉屎给自己闻，我愿意臭自己。”刘小富说。

“好好好，你变成臭豆腐才好。”黄腊梅在外面说。

“那我就偏偏不再臭，我这就出来。”刘小富说。

“你给谁打电话?”黄腊梅又说。

刘小富脱口说:“姚海泉。”

“水热了,你洗吧。”黄腊梅说洗完用不用我帮你把皮备了,别到时候护士给你弄你又不好意思。

7

第二天,刘小富刚刚醒来,结巴就又把电话打了过来。

“刘师傅,刘师傅,今天有没有时间?”

刘小富怕厨房里的黄腊梅听到,小声说你这电话打得真是早,你说去什么地方?

结巴约刘小富去万花宾馆见面,“那地方有茶水。”

刘小富在心里说妈个×!老子未必就没喝过茶!

刘小富出门前都要去一下厕所,最近,刘小富不但总是不停地去厕所,头发掉得也更加厉害,总是一把一把地掉。昨天晚上洗澡,刘小富又禁不住“啊”了一声,手里是一大绺头发。冲头发的时候刘小富又“啊”了一声,手里又是一大绺。“黄腊梅!”刘小富叫了一声。黄腊梅赶过来,站在刘小富身后,也忍不住“呀”了一声,但她只能故作轻松,说刘小富说你干脆把头发推光算了,现在街上留光头的人不少,还最最新潮,再说你脑瓜圆圆的又不难看。刘小富照照洗脸池子上的镜子,嘴上说,“哪个说脑瓜圆就好看,好看难看无所谓,你不嫌难看就行。”嘴上这么说，心里却说这也许是最后长在头上的东西了，怎么舍得推光？以后可能连这几根头发也许都不会长了。想到此，刘小富突然心里一酸，人一屁股在马桶上坐了下来。以后？自己还会不会有以后？如果有，以后又会怎样？刘小富不敢想以后，刘小富只能想以前，以前的事驳杂纷乱没什么可以值得一提。这么多年来，刘小富辛辛苦苦却没挣到多少钱，更不用提有多少积蓄。刘小富一想起这些就忍不住要埋怨自己的老爸，怎么给自己取这样的名字？还当什么屁车间主任，给儿子取个什么名字！什么狗屁小富！还不如索性叫个“没富”！一个“小”字，一下子就把人给小死了，到现在刘小富不但没有小富可言，银行里连一点存款都没有。昨天晚上，刘小富又给霍光芒打了几次电话，每次打电话霍光芒总是大骂白家骏，大骂白家骏之后，他也急得没一点点办法。霍光芒那里的两万连一分也讨不到，所以，刘小富想看病还得借钱。

“手术一共花了多少？”蹲在厕所里，刘小富又问黄腊梅，这话他已经问了多次。

黄腊梅现在的耐性十分好：“一共是两万，给北京专家的好处费是五千，加起来是两万。”

刘小富在心里算了一下，说下次干脆就让彭大夫做吧，“还能省下五千。”

黄腊梅马上说：“也是，其实都一样，都是在电脑监控下看着做。”

话还是忍不住从刘小富的嘴里说了出来，让黄腊梅听了鼻子好一阵子发酸。

“哪能一样！北京专家这样手术一天要做五十多，咱们这里的专家一年也做不了五个！”

黄腊梅说不出话来，她是没话找话，把吃剩下的早餐收拾好，站在厕所外边又问晚上小富想吃什么？要不要下去买只土鸡熬汤？

小富在厕所里说什么也不想吃，“没胃口。”

“想不想吃羊肚儿？”黄腊梅知道刘小富最爱吃清水羊肚儿。

刘小富却突然想起儿子小丰，“我这事千万不要让小丰知道。”

“你放心。”黄腊梅说没人告诉他他怎么知道？你好好儿吃你的饭，吃好了身体才会有抵抗力。黄腊梅这几天总是想着办法想让刘小富吃得好一些，好像是，只要吃得好，那肝里的病就会好，她想再去给小富买一副猪肝。穷人也只好这样，相信吃什么补什么，其实连黄腊梅自己也知道偏方未必管用。刘小富现在是看见猪肝就想吐。

“吃不吃西瓜？要不，买半颗瓜？”黄腊梅又说。

“不吃!”刘小富忽然火儿了起来。

“好好好。”黄腊梅说我现在什么都听你的还不行。

刘小富想让自己笑一下，但笑不出来。

“要不，弄个箱子去单位请大家捐助一下?”刘小富又在厕所里说。

“要捐款也得过了年。”黄腊梅说眼下人们哪顾得上这些?今天先把检查做完了，有什么事以后再说，也许肝里什么也没有了呢?

这时有人在外边“笃笃笃笃、笃笃笃笃”敲门，黄腊梅从猫眼里朝外看看，是刘小富的姐姐和姐夫，后边还站着刘小富的外甥女小静。这些天，刘小富的姐姐再忙也要天天过来陪弟弟坐一会儿，她过来还不行，还要把小富的姐夫也拉上，这就让人心里更加难受。黄腊梅忙把门打开，小静挺着个大肚子提着两只烧鸡先进来。刘小富的姐姐随后，手里也提了两个塑料袋，一个袋里是灵芝，刘小富的姐姐不知听谁说灵芝可能对小富的病有疗效。一个塑料袋里是香烟。

“想抽就让他抽吧。”刘小富的姐姐小声对黄腊梅说。

黄腊梅的眼圈马上就一红，她这句话已不知说过多少次：“我儿子小丰离不开他！就是阎王也不会让他死!”

黄腊梅的话刘小富在厕所里听到了，刘小富说我身上的零件哪一件比别人差？哪一件都不比别人差，都是叮叮当当的好货！黄腊梅你放心，我不会给命运先卖了废铁，我不等命运卖它我就先把它处理了。刘小富不想再继续蹲下去，他从厕所里一边提裤子一边出来，对他姐说有事要先出去一下，然后自己直接去医院，“我已经和人约好了。”

“让你姐夫送一送你。”小富的姐姐说。

刘小富不让送，说自己活这么大才知道走路原来也是一种享受，就怕哪天连这种享受自己都无法享受了。

“到时候我天天送你。”刘小富的姐夫想把话岔开。

“到时候，就怕你去不了那种地方。”刘小富苦笑着说。

“舅舅你瞎说什么！”小富的外甥女小静说。

“这算瞎说？那地方人人都得去，只不过有迟有早。”刘小富对外甥女小静说。

“你有什么事，不是说好了先去医院做检查。”黄腊梅问刘小富。

“用不了多长时间，办完事我直接去医院。”刘小富说这件事关系着你和小丰今后的日子，是件大得不能再大的事！

黄腊梅看着刘小富，满眼都是疑问。

“放心，我总不会去杀人放火抢银行。”刘小富说。

刘小富的姐姐说小富你到底要去办什么事？

刘小富说我这身体也干不了非法的事，“你们都放心。”

8

刘小富步行去了万花路的万花宾馆，想不到那些人早已经到了。

房间一进门的地方放了好大一盆鲜艳无比的假花，香得几乎要呛死人。

刘小富想不到那个结巴是个年轻人，长得蛮清瘦漂亮，刘小富一出现，早早等在那里的人都往起站了一下，而且都好像是吃了一惊，在他们的想象中，这个要把自己肾脏卖掉的人肯定是个身体特别壮的人，想不到站在他们面前的人这么瘦，面色也不好，穿着一件普通的大衣，还戴着一顶棉帽子。但他们顾不上多想，他们请刘小富坐下来，倒了茶水。结巴先说客气话，说无论事情怎么样他们都先表示感谢，总算有希望了：

"现在找个肾脏不太容易，所以你是我们的希望。"

结巴说我老爸的一条命也许就在你身上了。

"谁也都有老爸。"刘小富说。

"说得好，我们全家人的希望都在你身上。"结巴说。

"你们先别这样说，我还不敢先答应你们。"刘小富说。

"那怎么可以，你是我们的希希希希希望。"结巴又急了。

"好。"刘小富说你说吧，我也有老爸。

"那我就把话简短一点说。"结巴说这件事要有许多手续要办。

事情真是没有刘小富想象的那么简单，直到现在刘小富才知道只有亲属之间才可以用对方的器官，如不是亲戚关系，就只能用死体，也就是已经死亡了的人的器官，在死者死亡的二十四小时内把器官移植给需要器官的人。如果不是亲戚关系，活人的器官移植是绝对禁止的，即使是亲戚，也要捐献器官的这一方写一份自愿捐献书，并且，还要医院方面的伦理专家开会论证通过。结巴说这些对他们来说都不成问题，只要花钱就办得到，结巴说为救他老爸一命，花一百万不算什么。“你这里我们准备花三四十万，医院那边我们准备花三四十万，这事只求快。”结巴说只要医院那边配型一成功，他们就会先付刘小富二十万，到移植手术做完他们会马上把另外那十万再付给刘小富。

结巴说话的时候刘小富一直不说话，只是两只眼忽然亮了起来。

“现在主要看刘师傅你了。”结巴对刘小富说咱们第一步首先要把关系变成是亲戚关系。

刘小富不知道怎么把关系变过来。“需要什么证明？”

“那好说，只不过是给派出所花钱的事。”结巴说，只要你同意别的就都好办。

“大约需要多长时间？”刘小富说自己也想尽快把这件事

办了。

“你是不是急等钱用?”结巴说。

刘小富忽然撒了一个谎，说自己的母亲现在在医院里等着钱做手术。

“钱我们这面不成问题。”结巴说更何况你是为了你母亲。

“我真是急需钱。”刘小富说。

“我就喜欢刘师傅你这样的人。”结巴说那咱们就尽量把事情进行得快一些。

“那好。”刘小富说。

“我先在街道找人开个证明。”结巴说。

刘小富说不是开下岗证明吧?这证明我有。

结巴笑了一下，说这和下岗又没什么关系。

“证明我是你们的亲戚?”刘小富忽然明白了。

“对。”结巴说这事也不太好办。

“什么样的关系?”刘小富说。

结巴说刘师傅以您的岁数最好说是我老爸的兄弟，最好说当年您是我老爸家给出去的，您的血型是A型，跟我老爸一样，不会有人怀疑的，就是怀疑也不怕，反正是要花钱。您看好不好就说是我老爸的兄弟?

“这没什么。”刘小富说生在这个世上大家原本都是兄弟。

“说得好，刘师傅你是个好人!”结巴说这也许只是个开头，以后你有什么事我一定会帮忙，一定帮忙，看得出刘师傅你是个孝子，是个孝子。

“我这面呢?”刘小富说需要我做什么?

结巴说你这边就写一个自愿把肾脏捐给我老爸的申请。

“申请?向谁申请?”刘小富说。

“向军区医院。”结巴说医院那边的伦理专家还要讨论通过一下。

刘小富说自己还从来没写过这种申请，不知道该怎么写。

结巴说这事好办，反正都是要打印，到时候刘师傅你签个字就可以，就让我们这边的人来写好了。结巴说中午饭已经安排好了，叫你的家人也过来一起吃个饭?如果肾脏移植成功，咱们就是亲戚，你想想，你的肾在我老爸的身体内工作，还有什么比这更有意义的事情。

“中午不行，这事不能让我的家人知道。”刘小富看看表，站了起来，黄腊梅在医院那边也许已经等急了。

结巴说中午真不方便过来吃饭?“那我下午给你打电话好不好?”

刘小富说可以，说话的时候刘小富肝那地方忽然又痛了起来，痛得他脸色都变了，好在他已经走到门口，门口那地方暗，出了门，进了电梯，刘小富痛得一下子蹲了下来，直到电梯停在最下面一层，电梯门开了，有人进来，刘小富才慢慢站起来。

刘小富去了人民医院，等在人民医院门口的却只有黄腊梅一个人。

黄腊梅迎上来，告诉刘小富他外甥女小静马上要生了，“在咱们家里正说着话就突然见了红，姐姐和姐夫现在也都去了那边的妇女儿童医院，所以这边只有我。”刘小富说你怎么不跟去那边照应照应，这边我自己也行，还不就是拍片做B超。刘小富说现在自己已经和医院几个科室的人都混熟了，是熟门熟路。黄腊梅说我还是跟着你交个费取个药拿个结果什么的，省得你上上下下乱跑。自从刘小富检查出肝癌以来，黄腊梅的身体倒好像比从前一下子好了许多，上楼下楼也不再喘气，她陪着刘小富先去放射科拍了片，然后去做B超，两项检查很快就完。黄腊梅让刘小富在门诊大厅等着，她自己去取结果。刘小富在外边等了很长时间，坐在那里没事，刘小富就一遍一遍看自己手机里的旧信息，刘小富的手机里存了许多过去的信息，现在看来，每一条都很有意思，每一条都好像离自己越来越远。快一个小时黄腊梅才从里边出来，两手却空空的什么都没拿。黄腊梅对刘小富说放射科的机器不知怎么回事出了故障，片子可能明天才拿得到手。

“片子出来你姐的熟人会给咱们打电话。”黄腊梅说。

出了医院的大门，往北走，经过体育馆的时候，刘小富忽然想起给他老爸买一根手杖，说老头儿到时候上楼下楼拄一下也就顶儿子在那里扶他一把。

9

一大早，刘小富被老爸那边打过来的一个电话吓个半死。

电话打过来的时候刘小富正准备和黄腊梅一道出门去医院。

打电话的人是老爸的邻居，岁数虽然和刘小富差不多大，但刘小富还是叫他刘叔。

刘小富的心已经猛烈地跳了起来，要是没事，这个刘叔肯定不会给自己打电话，事情果然一如刘小富所想，是老爸那边出了事。刘叔在电话里说小富你赶快过来一下，你老爸这一下子摔得不轻。一句话说得刘小富要跳起来，忙问大清早老头怎么就会摔了？人再老，走平地未必也会摔跤？刘叔说他那么大岁数自己踩着凳子擦玻璃，人这会儿躺在床上动都动不了，你考虑一下是否送医院。刘小富说，“我老爸开什么玩笑！一大早擦的是什么玻璃！简直是开玩笑！我老子可真是我老子！——我马上去！”

黄腊梅在一边说，“那你自己还去不去医院？要不……”

刘小富说，“要不哪个！他既是我老子，我能不去？”

黄腊梅自然无话可说，穿起衣服随小富便走，临出门没忘了把昨天买的那根手杖带上。

黄腊梅随刘小富打出租赶去了万花南路，偏偏路上又堵车，前边有个骑摩托的被撞了，路上都是血，两只鞋子东一只西一只在路上扔着，出租车司机说出了这种事，被撞的人只要两只鞋子都不在脚上，这人恐怕就不行了。因为堵车，平时十分钟的路此时却走了二十多分钟，车钱多了一倍也没得话说。刘小富的老爸住三层，上楼的时候，刘小富直痛出一头的汗。黄腊梅在旁边搀着他，要他不要急，把气喘匀了再上。刘小富扶着楼梯只有苦笑，说可能这一辈子都不会把气喘匀了，“我老子这是要我的命，不过我的命既是他给的，要就要吧。”又说我老爸和我妈当初怎么不多生几个：

“怎么就只生我和我姐两个！想不到这个苦！”

黄腊梅说要不让小丰过来和他爷爷一起住？

“我倒想和老爸住一阵子。”刘小富说这是我心里话，也许都不会有这个机会了。

“那你还不天天和你老爸抬杠斗嘴？”黄腊梅想把话岔开。

“能抬杠斗嘴也是一件好事，就是不知道我还能和我老爸抬到几时。”

黄腊梅把刘小富一路从一层扶到三层，刘小富掏钥匙开门的时候，门却从里边一下子打开了，是刘叔。

“我爸好点没？”刘小富忙问。

刘叔还没说话，刘小富就听见自己老爸在屋里开了口。

“你放心，你老子还一下子死不了。”

刘小富的火气一下子就冲了上来，“你七老八十也不看看自己，你擦的是什么玻璃，告诉你腊梅过天就来擦玻璃打扫家，哪个要你自己动手！”

“你也别跟我吼。”刘小富的老爸说我窗帘挂钩坏了我未必就非要等你来。

“总之你要是我亲老子你就最好给我不要爬高。”刘小富说世界上真还再找不出你这样的老子，给你安电话你说怕安了电话我和我姐不来，要你找个保姆你又说有保姆在家里你不自在。

“我要喝水。”刘小富的老爸突然说你少说一句话先给我倒一下水。

刘小富奔去厨房找来暖瓶，暖瓶提在手里倒不知是要给自己老爸倒水还是给刘叔倒。

“我要喝糖水。”刘小富的老爸又在屋里说。

“刚才真把我吓了一跳，‘嗵’的一声。”刘叔跟过来站在厨房门口对刘小富说好在你家老爷子的门总是不插，要是从里边插死了外边的人又进不去多危险。刘叔说人上了年纪没个伴儿真不是一回事。

刘小富倒了两玻璃杯水，一杯茶水端给刘叔，一杯糖水端过去放在老爸的床头。

“坐起来喝口水?”刘小富问老爸摔在什么地方?什么地方痛?什么地方动弹不得，他想要黄腊梅帮个忙扶老爸坐起来。

“不行不行不行!”刘小富的老爸一连气叫起来。

“不行就去医院。”刘小富说黄腊梅你马上去叫出租车。

刘小富的老爸说我自己的事我自己知道，“骨头不会有事，叫什么出租车。”

刘小富的老爸当车间主任多年，有什么事从来都自己说了算，说先躺一夜看看再说。又说起在农机那年工伤的事，要换了别人还不吓死，血都流了够几百毫升，还不是躺了两天就好了，那时候连营养都没有，还不是喝了两天红糖水，红糖水说来真是好东西，最最补血。

刘小富想起老爸最爱吃冰糖的事，便对刘叔说我这个老子硬是与众不同，现在人人都怕得糖尿病，偏我老子天天都要嘴里含块冰糖才睡得着觉。

刘叔说老年人还是少吃甜东西好，“糖不是什么好东西。”

“谁说不是好东西，我们那时候得了病还不是全靠喝糖水?”刘小富的老爸说其实千好万好都不如糖水好，说我这牙疼，都疼多少年了，吃什么药都不好，喝下两碗糖水，一下子就不疼了。

“这也是因人而异。”刘叔说，有人牙疼，只要一抽烟就好。

刘小富的老爸继续说他的：“我在农机那时候，谁得了肝病，卫生所开证明就可以供应他二斤白糖，喝了白糖水人就好，你说糖不好，糖连肝病都能治。”

刘叔说这倒没听说过，“糖居然对肝有好处。”

黄腊梅马上拉了一下刘小富，要他跟她到厨房说话。

关上厨房门，黄腊梅对刘小富说你喝喝白糖水看看？我也好像听老人们说过这事，说肝病见糖就好，说着就给刘小富冲了一碗白糖水要刘小富喝。刘小富端起那碗糖水，说糖水要是能治了我的病普天下的医生还不都气死！又说我老爸摔这一下就是骨头没事，筋骨也不会轻松，你赶快去买些排骨炖排骨汤给我老爸补一补。刘小富说医院你上午就不必去了，去了也就是挂吊瓶，待会儿我自己去，挂完吊瓶我自己会回来，干脆中午饭就在我老爸这里吃，我也好久没喝你炖的排骨汤了。

黄腊梅说炖排骨汤还不是一会儿的事，我先陪你去医院，我看你老爸好像没事。

“有事没事你先陪他一上午。”刘小富说要想让我心安你就这么做。

黄腊梅说事情怎么都凑到了一起，还不知道你外甥女那边生了没有？

刘小富说自己力不从心管不了那许多，“我老子既然没事我就不多想了，我现在能多想想的就是怎么才能给你和小丰留下些钱，我爸这边我倒不多想了，他那点退休金也够他了，看病还有公费医疗。

从厨房出来，刘小富又问老爸好点没?

“你给我擦擦碘酒。”刘小富的老爸说你小时候踢球把脚脖子崴那粗，擦擦碘酒就好。

给老爸擦完碘酒，刘小富去了医院。

10

刘小富是顺着万花路走，穿过万花南路的十字路口，风一下子大了起来。结巴的电话也就是这个时候打了过来，结巴说他那边把该办的手续都办得差不多了，说现在这个世界说复杂也复杂，说简单也简单，只要花钱就可以把一切事都办了。结巴说了一句玩笑话，说他们现在是在用金钱和死神赛跑，但愿能得到刘师傅的合作一起跑过紧紧跟在他老爸屁股后边穷追不舍的那个死神。听着结巴在电话里说话，刘小富在心里说你们是用金钱和死神赛跑，我可是为了金钱加速走向死亡。结巴又在电话里告诉刘小富，医院的伦理专家今天就有可能把论证弄出来，到时候有可能要刘小富出现一下，回答一下医院伦理专家们的问题，然后，就可以做配型了。

“然后，是不是我就可以拿到钱了?”刘小富说。

结巴在电话里说“你母亲那边怎么样?”

“正等着钱做手术，我是不是可以先拿到二十万?”刘小富说。

“那没问题，那没问题。”结巴在电话里说二十万是小事情。

刘小富说现在已经有人要出到四十万了。

结巴在电话里忽然没了话，停了好一会儿，小声说：“不可能吧?”

刘小富没说话，心怦怦怦怦跳动起来。

“这样吧，如果配型成功的话可以再给你加五万。”结巴在电话里说，“我知道你也是为了你母亲，我这边是为了我老爸。”

刘小富长出了一口气，“那就三十五万?”

“对。”结巴在电话里说虽说是这样，但对外边最好说一分钱也没拿，是捐献，“因为咱们对外是亲戚，你是我老爸的兄弟。”

“要是我把两个肾都给了你们呢?”刘小富忽然说。

结巴在电话里大吃了一惊，连说那不可能那不可能，要是那样你可能连命都会没了，医院也不会答应！除非你长有三个肾，长三个肾的人在这个世界上是太少了，太少了。

“不是可能不可能，我他妈马上就要没命了！”刘小富在心里说。

刘小富忽然站了下来，他面前是医院旁边的那家花店，店里满坑满谷都是鲜花，还有用黄色菊花扎好的大花圈，又不知是什么人死了。刘小富的鼻子忽然酸了起来，结巴在电话里还在说什么，他连一句都没有听进去。

电话再次响起来的时候已经过去了好一会儿，这次是黄腊梅打过来的，黄腊梅对刘小富说，“你外甥女小静生了，生下个男孩儿，是剖腹产，八斤九两，你姐说一定要你给他取个名字。”

刘小富说我又不是什么取名专家，要我取的是什么？

“也算是个纪念。”黄腊梅这话一出口马上就在心里后悔。

“有什么好纪念。”刘小富说我又不是什么大人物。

“你当舅姥爷了。”黄腊梅在电话里又说。

刘小富的脑子里忽然一片空白，他听见自己在对电话里的黄腊梅说：

“那不重要，重要的是我可能给你和小丰挣到三十五万。”

黄腊梅在电话里给吓了一跳，“你说什么？你在什么地方？”

“我在花店跟前。”刘小富说。

“花店？哪个花店？什么三十五万？”

“人民医院跟前的花店。”刘小富说，

“你说什么三十五万？”黄腊梅再次说。

"我可能给你和小丰挣到三十五万!"刘小富又说。

黄腊梅忽然不再作声，她想问，又不便当着小富的老爸问，刘小富的老爸就在她身边。

刘小富听见自己老爸在电话里说了一句:"还没出国就说自己挣到三十五万，这小子是在做美梦！告诉他早早回来喝他的排骨汤！我还要他给我擦碘酒。"

11

许多年了，刘小富和黄腊梅很少回到他老爸这边老房子住，就是过年过节，刘小富总是吃了饭拍屁股就走，最多陪老爸打一下五角钱的小麻将，再晚也不会超过晚上十二点。黄腊梅按照刘小富的吩咐炖了排骨汤，在里边放了一些牛蒡，把火开到最小让它炖着，腾出手来把自己和刘小富住了八九年的那间北面的房子收拾了一下。这个家黄腊梅是最熟悉不过，被子和褥子都放在那个立柜里边，现在一一取出来。黄腊梅想好了，离过年也没多长时间了，从现在开始她就要和刘小富住在这里，也算了结刘小富一桩心愿。她和小富睡北边屋，让小丰和他爷爷住爷爷那屋，那屋里的大沙发看上去土头土脑，打开来睡人却又宽畅又舒服。黄腊梅在这边收拾，刘小富的老爸在另间屋说了话，说腊梅你做什么？黄腊梅说爸你这大岁数摔一跤真是吓人！我和小富在这里睡几天侍候您几天也算是孝敬，省得您再摔一跤我给您吓死。晚上我打电话让我姐也过来一块儿吃个晚饭。

“她不在医院里陪小静?”刘小富的老爸说。

“医院现在不让任何亲属陪床。”

“那小丰是不是也不走?”刘小富的老爸说。

“他是你孙子,你以为他是哪个!”黄腊梅说正好我那边暖气这几天没一点点温度。

刘小富的老爸“哦”了一声,说其实暖气费蛮贵,下边的话没再说。

黄腊梅像是已经知道了刘小富老爸肚子里是什么话,说,“明年干脆我那边就不交暖气费,住到这边过一冬还会省下两千多。”

“好啊,懂得节约就好。”刘小富的老爸说厨房里是不是你的手机在响?

厨房里黄腊梅的手机果然在响,是刘小富的姐姐打过来的,小富的姐姐声音有些不对头,她问黄腊梅是不是在家里?小富在不在旁边?身边有谁?

黄腊梅说自己现在正在老爸这边,小富不在,身边没人。

小富姐姐说人民医院那边打过电话了,结果出来了。

黄腊梅忽然有一种不祥之感,心怦怦乱跳起来。

“怎么样?”

“小富那上边又长了一个，有栗子那么大。”小富的姐姐在电话里把话说了出来。

“这么快？转移这快？”黄腊梅说。

“这还不能叫转移。”刘小富的姐姐说。

黄腊梅说小富知道怎么办？我是不是要告诉他一时取不上片子。

“那就先别告诉他。”刘小富的姐姐想说什么，但什么也说不出来了。

“他要看片子怎么办？”黄腊梅说。

刘小富的姐姐也想不出办法，只说一句：“你先别让他知道。”

“怎么办？”黄腊梅说。

刘小富的姐姐又能怎么办。

两个人都在电话里静了好一阵子。

和刘小富的姐姐通完话，黄腊梅的身上一下子软得像是连一点点力气都没了，她呆呆地站了好一会儿，忽然想起来灌水，水已经开了好一会儿了，水壶已经疯狂地叫了好一阵子了。

“小富怎么回事？”刘小富的老爸这时突然在屋里说了话。

黄腊梅回过神来，忙说还不到出国时间，听说过了年就差不多了。

“我的儿子我知道。”小富的老爸说你看看他的头发都掉成个什么样，游泳池又不是镪水池，还能把头发弄成那样？我知道他有事，他有事不跟我说我也不问。他说他出国，我又不是白痴，我怎么说当年也是车间主任，我现在还能看电视，他出国？他出国做什么？他凭什么技术？他又没力气，他几时这样关心过我，又来看我又给我买手杖？

刘小富的老爸不再说话，却把放在床边的手杖拿起来看了又看，黄腊梅自然也不敢说话，拎着个空壶在厨房的凳子上坐下来。炖排骨的味道很香，但这一刻却好像连一点点味道都没有了。刘小富的老爸忽然在屋里又说了一句：

“小富不会挣钱，但他人不坏。”

黄腊梅心想，除此之外，自己还能要求小富什么呢？

中午的时候，刘小富和他姐姐都回他老爸这里吃饭，医院那边有小静的婆婆守着。

黄腊梅的排骨汤炖得很香，她先给小静那边盛过了一饭盒，然后把一碗端给躺在床上的刘小富老爸。刘小富喝得也像是很香，连说像这样的好排骨汤只有我老婆黄腊梅才炖得来。“富人喝燕窝汤，穷人喝排骨汤，要说养人还是排骨汤。”刘小富说喝得起排骨汤的不能说是穷人吧？生病以来，刘小富难得像现在这样开心过，但开心也只是瞬间的事，一顿饭没有吃完，刘小富又捂上肚子去了厕所，吐完即拉，人坐在马桶上满头是汗已经是百般站不起来。刘小富在厕所里的时候又有电话打了进来，黄腊梅把手机拿到厕所里让刘小富接，电话是结巴打过来的，说明天上午要刘小富去军区医院那边做一下配型前的检查。

“军区医院这边都安排好了。”结巴说检查没事就可以马上做配型了。

“如果配型可以，是不是先把那二十万付一下？”刘小富说。

结巴在电话里说这个你只管放心，“没问题，但也要有一个合同。”

“只要我一上手术台，不管成功不成功那十五万必须给我。”刘小富又说。

“这个也不会有问题。”结巴在电话里说配型成功先给你二十万，上手术台再给你十五万，分两次打清。

“那咱们明天一早见。”刘小富说。

结巴说我去接你，我自己开车。

刘小富想想，说那咱们在木棉花宾馆门口见面好不好？

木棉花宾馆就在刘小富家门南边。

刘小富虽然身上难受，但心里忽然好像舒畅起来，他已经想好，给老爸留五万，三十万给黄腊梅，再加上霍光芒欠的那两万，黄腊梅手里就有三十二万，房子小丰结婚就住自己现在那一套，老爸的这一套迟早还不是黄腊梅的？就是自己过到那个世界去重新投胎，也算是一个交代了。

“你没事吧？”黄腊梅在厕所外边小声问了一句。

刘小富的老爸说了句什么，黄腊梅忙说小富不知吃什么坏了肚子，吃点药就好。

12

第二天一大早，结巴把刘小富接到了军区医院。

结巴对刘小富说真是对不起，让你早饭也没得吃。

“少吃一顿也饿不坏。”刘小富说做这种检查谁敢吃饭。

结巴说那中午刘师傅咱们一起去吃饭好不好？“我请你，吃什么都可以，鱼翅都行。”

刘小富说吃饭就不必了，自己还有事。

“刘师傅你真是天底下最最大的孝子。”结巴又说。

刘小富这几天精神有些恍惚，加上昨夜一夜没睡，一时想不起说什么了。

“像刘师傅这样卖肾给母亲治病真应该报道一下。”结巴说只可惜此事不能报道。

刘小富忽然想起问结巴他父亲住在哪个医院？

结巴说他老子在北京，这边检查好，送北京去做，“这边做不好。”

“军区医院条件总算可以了吧？”刘小富说。

“差远了，只是让他们检查检查，正经手术还是要去北京做。”结巴说现在只有没办法的人才会在军区医院做手术，有办法的人都去北京。

刘小富忽然没话，紧闭了嘴看车子外边。

在刘小富的记忆里，军区医院是市里最好的医院，那些年一般人好像是都很难在军区医院挂号看病。医院在万花路的西边，那一带风景如画，既可以看到北边的山峦，西边的梅洛水库正好挨着医院的疗养区，有人说那个水库当年就是为军区医院修的，为的是让军区首长在里边游泳。还有一种传说，说是梅洛水库下边有一条战备暗道一直通着北京。当年年年八一的时候刘小富都会与厂里的人到梅洛水库来游一次泳，霍光芒有一次还差点给淹死。但现在一切都变了，随随便便哪个人都可以到这个医院里来看病，在这里看病也好像是对病人的一种安慰，不管怎么说，军区医院还是市里最好的医院。医院的大门在刘小富的记忆里像是永远有两个军人在那里守卫着，但现在守卫大门的军人永远不见了，那大门也像是一下子变小了。刘小富还记着老农机的书记当年为了来这里住院还特批给军区医院两辆当时买也买不到的小四轮。现在真是世界大变天翻地覆，小四轮没人要了，工人下岗了，农机也早已塌台，更加让刘小富想不到的是自己要在这里把自己的肾活生生卖掉！

“刘师傅，你母亲要是想在这边找人你跟我说。”结巴对刘小富说。

“不必了。”刘小富说。

“不用客气。”结巴说。

“谢谢。”刘小富又说。

结巴已经在军区医院这边安排好，一到医院，刘小富就开始做检查，过B超、拍X片，验血，查尿，还有大便，这种检查到哪里都是一样。刘小富此刻变得木头木脑，脑袋仿佛一下子没了知觉，仿佛身子和脑子已经分了家，好像将要和身体分开的不仅仅是那个肾，而是刘小富生命的全部！刘小富生活的全部！

13

快到中午的时候，刘小富才慢慢慢慢从军区医院大门出来。

从军区医院里出来的刘小富双目无神，捂着胸口靠着医院的门柱站了好一会儿。

刘小富觉得自己已经实在没有力气上对面的过街天桥，但要到马路对过他又别无选择。刘小富慢慢慢慢上了天桥，此刻正是下班时间，桥下车很多，车上人也很多，刘小富呆呆站在天桥上，朝下看了好一会儿，恨不能当着桥上来来往往的人即刻就一头从上边撞下去，从小他老爸就常常对他说人不能光想好事，光想好事到最后就只有难受，但刘小富觉得自己不是在想好事，而是在用自己的生命做最后的努力，想不到事情却朝着相反的方向发展。刘小富只想是检查肾脏，想不到做彩超的时候，那个李主任忽然吃惊地叫起来，说“小黄你来小黄你来。”直到此刻，刘小富才知道那个结巴姓黄，他的父亲就是人人皆知的煤运的黄局，就这个结巴，和医院里的人上上下下都混得很熟。那个做彩超的李主任马上拉结巴到外边去说话，他们都说了什么刘小富不知道，直到结巴又带他去拍了一下×片，拍完片子，结巴要刘小富在走廊里等着，他和那个做彩超的李主任在肿瘤科的柴主任的门诊里边说了老半天话。后来，刘小富给那个柴主任叫到了门诊室里，肿瘤科柴主任眉毛特别浓，让刘小富好想一笑，因为这个柴主任让他想起以前看过的苏联勃列日涅夫照片，但这个柴主任待人和气，请他坐下，关心地问了一些刘小富身体方面这里那里的事，还问刘小富身上都什么地方不舒服？后来对刘小富说明天让你家人陪着你来一下好不好？我给你再做个检查好不好？你一定来，你的身体好像有些问题。军区医院的柴主任这么一说，刘小富马上明白自己的病情已经被彩超给超出来了，想隐瞒也隐瞒不住了。柴主任对刘小富说话的时候，站在一边的那个结巴却是一句话都说不出来，脸上的表情说不上是失望还是惊恐，只是一动不动看着刘小富，钱已经花出多少且不说，打通各个关节费了多大劲且不说，令他吃惊的是眼前的这个刘师傅竟然肝上长了两大块恶性肿瘤。柴主任悄悄对结巴说这个病人已经活不了多少天了，怎么还敢做肾脏移植？现在应该做的是，他应该安排他自己的后事了。

虽然结巴对刘小富说“刘师傅等一下我送你。”但刘小富哪还能让人家再送。

刘小富好不容易从军区医院出来，好不容易爬到了过街天桥上，此刻他再也走不动，即使是想从天桥上一下子跳下去恐怕也攀不上天桥上的那道栏杆。

这时旁边突然有人开口说，“咦，刘小富？”

说话的是蹲在旁边卖光盘的那个人。

刘小富掉过脸去，马上认出是老农机的武青，武青的个子又高又大，却长了一张刻薄嘴，嘴刻薄，其心地也不宽厚，再加上娶的又是乡下老婆，日子过得十分清苦，刻薄之外又加上了无边无际的怨气，他还有个坏毛病，常把车间里的东西偷偷摸摸弄出去卖掉，有一次拿了车间的一段铜料受了处分，恰好那时刘小富的父亲是那个车间的主任。

"你来这儿干什么?"武青说。

"看病。"刘小富说。

"你还会有病?"武青像是开玩笑，说你和你父亲要得也只能是心病。

一句话说得刘小富想抬腿马上走开，腿上却没得一点点力气。

"厂子被你们吃没了，不得心病也怪。"武青又说。

一股火忽然从刘小富心里直冲出来，"武师傅，你说哪个错!"

武青说当然错总是在我们这边，你们不会有错。

"我再正确还不是照样下岗!"刘小富说。

"我以为你永远不会下!"武青说。

刘小富不再说话，浑身的难受让他把脸掉向了另一边。

农机的武青又开了口，"你想什么呢?"

"想死!"刘小富突然说。

武青吃了一惊，但马上笑了，他以为刘小富是在开玩笑:"真想死?真想死怎么不从这里跳下去?"

刘小富突然有了一种冲动，他看看天桥下边，在心里问自己，"如果一下子跳下去呢?"

"看来你还是不想死。"武青笑着说。

"我是没力气去死。"刘小富说。

武青说："笑话，死还要力气？没听说过！"

"哈，你帮我一把看看！"刘小富说。

"我再爱助人为乐也不会去帮助别人去死。"武青说。

刘小富说武师傅我确实没见过你助人为乐过。

"那是因为别人都比我活得快乐！"武青说。

刘小富忽然在心里同情起面前的这个武青来，武青说得对，那时候好像是农机里的人们都比他活得快活，几乎是，什么快活事都轮不到他，只有倒霉的事跟他有份儿。

刘小富说你怎么不问问我为什么去医院？

"为什么？"武青说。

"我也让你高兴一下，这一下子，我永远不如你了！"刘小富说为什么我不如你，因为我已经是肝癌晚期了，肝癌！

"你是取笑我？"武青说在农机那会儿你还没拿我开过心，你是不是现在想补上，武青忽然停下来不再说话，因为刘小富已经慢慢慢慢把戴在头上的帽子摘了下来。刘小富的头发更加稀少了，化疗之后的脱发和正常脱发不同的地方是头发脱落得完全没有章法，那种杂乱无章让人心打寒战，是一派死亡气息。

"你问我去医院做什么？"刘小富说我是想去把我的肾脏卖掉给孩子和老婆留些钱。说话的时候，刘小富的眼泪流了下来。"你说我取笑你，我是在取笑我自己！我想把自己的肾脏卖掉，但我的肾脏这会儿恐怕喂狗狗都不会吃，当垃圾都不是好垃圾！扒出来白给人家人家都不要！”说话的时候，刘小富又把帽子戴了起来。“你说别人都比你活得快乐，这一下，武师傅，至少你是比我快乐了。”刘小富指指下边：

“我真想跳下去，我真想死。”

“你这样死还不是白死！”武青说。

是武青的这句话突然让刘小富打了个大寒战。

“就是死也不能白死！”武青又说。

“不能白死？”刘小富说。

“拿两盘碟回去看，算我送你，万事想开点。”武青说。

“我还看什么碟？”刘小富说你留给别人看吧。

“我扶你。”武青说。

“不用了，我要谢谢你，你说得对，我不能白死！”刘小富又说。

从天桥上下来，刘小富忽然觉得有些后怕，自己刚才要是一冲动从上边一下子跳下来怎么办？那自己岂不是真正落一个白死。刘小富现在明白了，就是死也不能白死！死也要死得有用，死也要给黄腊梅和儿子弄一笔钱，从这一刻起，刘小富不再是等死，而是为了钱自寻死路了。

这一夜，刘小富吃了两颗药才睡着，睡到后半夜两点又疼醒来，再吃两颗，又睡到凌晨四点，睡着后却不停在做梦，梦中都是南来北往疾驶的汽车，梦做到后来，也不知自己是在梦里还是醒着。最后一次醒来，刘小富不再睡，又吃止痛药，吃过止痛药，他眼睁睁躺在那里把自己所熟悉的每一条路都想了一个遍，刘小富现在想明白了，要想弄到一笔钱，跳楼不行，吃药不行，跳河也不行，触电也不行，只有让汽车撞自己，撞死就是三十万！对自己来说，寻死也要抓紧时间，要是像自己老妈那样一旦肝昏迷再有什么想法也办不到了。刘小富选定了一条寻死之路，那就是万花路，这条路上车最多，而且人也多，如果选择一条没多少人的路，司机撞完自己开车跑掉怎么办？

刘小富想好了，就去万花路寻死！

14

很长时间刘小富都没去过公共澡堂洗澡了，这天吃过早饭刘小富拖着虚弱的身子去公共澡堂洗了澡，他对黄腊梅说，马上又要做介入，洗个澡干干净净别让人们讨厌。刘小富这次洗澡用了一个多小时，回到家，忽然对他老爸说您的脚也该洗一洗了吧，从那天摔跤到今天都三天了，这么大人三天没洗脚了，你不臭别人也臭。不由老爸分说，取了洗脚盆倒了水便过来给老爸洗脚。刘小富这是第一次给老爸洗脚，洗完脚，又替老爸把指甲剪了一下。

“小时候我带你洗澡你还记得不记得?”小富老爸说你那时候一见水就哇哇哭，一点也不像个男孩子，从小就没什么大出息。

刘小富说洗澡倒不记得了，只记得有一次我踢球回来你说我脏，把我没头没脑按在盆里就给我洗，说实话老爸你那时候有几分像希特勒!

“我带你去公园打滑梯你总记得吧，你总是说再打一次，再打一次，我休息一天倒要陪你打半天滑梯。”刘小富老爸说你打滑梯打累了倒要骑在我脖子上回家。

“那就对了，你是我老子我不骑你脖子还能骑哪个!”刘小富说说起这一辈子我最最不满意的就是您给我取了个“小富”的名字，到现在我是既无大富也无小富。

“你有儿子，还不到说没富的时候。”刘小富老爸说。

“你孙子至今连个工作都没有，我不知道他的富在什么地方?”刘小富说。

“你向我学习，活到七十三熬到儿子给洗脚就是富!”刘小富的老爸说。

刘小富的眼里突然有了泪花，他低下头装作给老爸剪最后一个指甲，嘴上却说，你以为我想给你洗啊，还不因为你是我老爸，我是没办法。

“那就对，你没办法就好，谁让我是你爸。”

刘小富的老爸说我这一跤还是摔得好，要不你一出国，谁来给我洗这个脚。

刘小富给老爸剪完脚指甲，然后又去给儿子小丰打了一个电话，告诉儿子有一件东西在花瓶下边的那个抽屉里，是下边那个抽屉，儿子小丰说老爸你打电话就是为了告诉我这个事？什么要紧的东西？

“你看了就知道了。”刘小富说晚上要早睡，别盯着电视一看就是后半夜。

儿子小丰说我又不是七岁八岁，你和我妈在那边好好照顾老爷子就是，老爷子没事吧？没等刘小富回答，儿子那边电话已经放下，电话里已是一片忙音，刘小富张张嘴，眼泪已经顶了上来。

刘小富上了路。刘小富知道自己不能对黄腊梅多说什么。话一多，黄腊梅就会察觉，再说，一辈子跟她也说得太多了，要是说，再说十年二十年也说不完，索性不说。从老爸那里出来，刘小富在商店门口破天荒打了辆出租，出租车司机黑不溜秋，很胖，不太爱说话的样子。刘小富却忽然非常想跟他说说话，说今年天气不冷？出租车司机好一会儿才开口答话，说是不太冷。刘小富说快过年了，过年的时候你们能挣个好钱。出租车司机又停了好一会儿才说："不下雪还好，下雪车跑不开，也不好挣。"刘小富说下雪容易出事，一到下雪天，医院里的病号就多，不是断胳膊就是断腿。出租车司机说最怕那种不会骑车的女人，左拐右拐右拐左拐往往就摔到车轮子下边。

"轧死怎么办?"刘小富说。

"怎么办，倒霉的还不是那骑车的人，司机怕什么，有保险公司。"

"轧死一个人现在是多少钱?"刘小富说。

"三十万。"出租车司机说要是轧不死就说不定多少钱了。

"三十万也不算多!"刘小富又说。

"轧死是三十万，没轧死就无法说，如果再碰上一个赖在医院不肯出院的话。"出租车司机说到时候倒霉的就是他们司机。

"三十万不多。"刘小富说那是一条命！就是五十万他也花不到一分!

"好在现在有保险公司，要是没保险公司三十万还不要了司机全家的命!"出租车司机说你怎么还说三十万不多?

"就是不多！那是命换来的!"刘小富说。

"多!"出租车司机说。

"不多!"刘小富说。

"你这个师傅像是很有钱，要不不会这么说话!"出租车司机说。

“就是不多，那是一条命!”刘小富忽然生了气，要求下车，万花路也到了。

“我要下车!”刘小富说，下了车，刘小富又对出租车司机说：“告诉你，就是一百万也不多，那是一条命！一条命!”

“我也告诉你，出租车司机又不是富人!”出租车司机也跳下车大声对刘小富说。

刘小富忽然不再说话，这个司机说得对，出租车司机也不是富人!

15

刘小富双脚站在了万花路上。

万花路路两边是一盆盆的塑料假花，红红绿绿也不难看。

刘小富上中学的时候就来过这里修路，当时这条路是万花公园后边的一条土路，北边是一家生产轴承的厂子，现在厂子不见了，商店大宾馆倒是一家连着一家，最高那个楼是希尔顿，比它矮一些的是卡宾斯基，都是住一晚要大几千的地方。刘小富小时候还好，对富人就那样，你富你的，我不富也照样在太阳下该吃饭吃饭该拉屎拉屎！你奈何不了我那一泡屎！可现在刘小富不知怎么突然仇恨起富人来，好像他们口袋里的钱都是他身上的脂肉膏肝！刘小富慢慢走到了希尔顿宾馆的门口，他昨天晚上已经想好了，要死就在这里死，因为在这里出出进进的都是些富人，寻死是一件晦气得不能再晦气的事，这晦气应该留给富人！既然他们活得那么滋润，既然他们活得那么得意，既然他们想要什么有什么！那就让他们晦气一下！希尔顿宾馆门口出门朝西就是万花南路，是一个坡，一个转弯，车从宾馆里开出来必须要猛转一个弯，如果有人在转弯的坡下猛的出现车还真不知能否刹得住。

刘小富站在了那里，人一站在那里，眼泪就禁不住开始哗哗哗哗、哗哗哗哗往下淌，身子也跟着一阵紧似一阵地发抖，抖得刘小富只好蹲了下来。这时候有车从宾馆里边开了出来，这是辆刘小富叫不上牌子的好车，车身特别长，车从离刘小富不到两三米的地方开过的时候把地上的枯叶一下子卷了起来。在那一刹间，刘小富只要往起一跳，把身子往那边一冲一切就都解决了，但刘小富抖得更厉害，死是让人恐惧的，死永远不可能让人欢欣鼓舞。长这么大，刘小富只亲眼看到过一次车祸，那天早上他去菜场，过十字路口的时候猛地听到“嘭！”的一声，是声音先过来，然后才看到是一个骑着自行车的老头给一辆出租车撞得飞了起来，那老头给撞得飞起来，然后又落下去，重重落在出租车的挡风玻璃上，那辆车的挡风玻璃当下就碎了。刘小富跑过去的时候看到了血，血从老头儿的鼻子眼睛耳朵里很快流了出来。出租车司机是个年轻人，慌慌张张从车上拿来一卷卫生纸，那一卷纸马上全部被血浸透。

又有一辆车从宾馆里开了出来，刘小富还蹲在那里。

有五六个学生模样的年轻人推着一辆车也朝这边走了过来，刘小富想站起来，但疼痛让他马上又龇牙咧嘴地蹲了下去，一个年轻人朝刘小富紧走几步，问："师傅你没事吧？"

刘小富说："没事，谢谢。"

"要不要帮忙？"这个年轻人又说。

刘小富想站起来，疼痛却让他一屁股又坐在了那里。

"你是不是什么地方不舒服？"这个年轻人伸手搀了一下刘小富。

另外那几个年轻人已经把车停在离刘小富不远的地方，他们开始搭一个宣传架子，架子搭好，又把一个小桌子摆在了那里，刘小富看了看宣传架子上的标语，"全球血压日"。

刘小富站起来，把脸慢慢慢慢朝南边掉过去，身子跟着也慢慢慢慢掉了过去，刘小富慢慢慢慢离开了希尔顿宾馆，又朝卡宾斯基那边慢慢走过去，去卡宾斯基要过到街对过去，过街的时候刘小富等了一下从东边过来的车，车从他身边开过去的时候刘小富的脑子忽然清亮了一下，这岂不是个好机会？只要把身子朝那边一斜一切就都结束了。但刘小富还是慢慢走到了街对过，站在了卡宾斯基大饭店的门口。当年他还在老农机的时候，厂里在卡宾斯基饭店开过订货会，当时卡宾斯基还叫东方红宾馆，这家宾馆是英国人盖的老宾馆，刘小富记得饭店的大门往左是两丛树丛，但让他失望的是当年那两丛大树丛现在不见了，大树丛那地方现在是广告牌。卡宾斯基对过是民航售票处，再旁边是金税宾馆，过去，是卫校。这时候街上人正多，刘小富看看两边，前边不远的地方有人正朝这边看，可能是茶馆的服务生，还在招手，是在招呼一辆车，在帮顾客泊车。刘小富站在了广告牌子的后边，他想好了，只要一听到汽车的响动就从广告牌子后边闭着眼睛冲出去。只有这样，自己才不会白死，只有这样，自己才能用自己最后的努力给黄腊梅和儿子小丰弄到三十万！也就在这时候刘小富听到了汽车的声音，汽车正从自己左边开过来。

车快开过来的时候，刘小富把一只脚猛地迈了出去，但他没敢迈第二只脚，却再次脸色煞白地蹲了下来，冷汗顿时出了一脑门，在这个世界上，没人不怕死！死是令人恐惧的，不可能有人会欢欣鼓舞地面对死！好一阵心跳过后，刘小富慢慢慢慢从大衣口袋里取出了那瓶白酒。这瓶酒刘小富昨天就已经准备好了。

刘小富已经很长时间没有喝酒了，从小到大，他从来都没有喜欢过酒，过去他喝酒都是为了讨别人喜欢，或者是，为了农机厂的生意，现在没有人再需要他为了生意喝酒，他也不必要为了别人高兴而把酒灌到肚子里，这一次，他是为了自己，为了黄腊梅，为了小丰。

没人看见刘小富在那里把酒瓶的盖子咬开，也没人看到刘小富把瓶子举起来，也没人看到刘小富举着酒瓶大口大口地喝酒，喝到后来酒呛得他咳嗽起来，刘小富在那里咳嗽了好一阵，然后举起瓶子继续喝，一瓶酒很快就让刘小富喝下去了一大半儿。很快，刘小富就天旋地转起来，刘小富扶了一下广告牌，想吐，却吐不出来，早上吃的止疼药还在那里起作用。在天旋地转中，刘小富的耳边响起了汽车开过来的沙沙声，听声音是辆小车，这辆车开得很快，也许是刘小富的动作太慢了，他还没往那边冲，这辆车已经开了过去。

当汽车声音再次响起来的时候，刘小富看清了，是一辆黑色小车，从卡宾斯基大饭店里开了出来，刘小富看清了开车的是个中年人，刘小富还看清，这辆车的挡风玻璃上挂着一个什么亮晶晶的东西在一晃一晃。酒让刘小富的胆子忽然变大了，车开到刘小富的面前时，他一下子松开了抓着广告牌的手，身子猛地一荡，人跌跌撞撞朝路上一下子冲了出去，万花路的路面在去年刚刚修过，是既平整又好，脚踩上去真是舒服。松开手的刘小富一下子没了可依持的东西，他本可以一下子冲到那辆开过来的汽车的前边，但跌跌撞撞的刘小富由于跌跌撞撞却一下子失去了方向感，车上的司机发现了从路边突然冲出来的人，猛地把车往路那边打了一下，车猛地往那边打方向盘的时候，恰恰躲过了冲过来的刘小富，但汽车的后屁股却把刘小富猛地带了一下，刘小富只觉被猛地一拽，人一下子变得轻盈起来，一下子飞了起来，没有一点点痛苦，也没有一点点难受，人一下子就飞了起来，但这个飞翔极其短暂，然后是落下去，一下子落在万花路路边的常青树矮墙上，冬天的常青树，灰不溜秋没一点绿色。

刘小富落下去的时候听到了一声尖叫，那声尖叫才是怕人，这辆车为了躲刘小富，却撞到了另一个骑自行车的人。

16

刘小富还是在人民医院里又苏醒了过来，黄腊梅坐在病床旁边。

“我怎么没死？”刘小富问黄腊梅，声音低得不能再低。

刘小富的声音太低了，黄腊梅没有听到，黄腊梅坐在那里睡着了。

“我要去万花路。”刘小富又说，他用了最大的力气。

这一次黄腊梅听到了，刘小富那边像是有了动静，她睁开了眼。

刘小富的嘴唇在一动一动：“我、要、去、万、花、路——”

“你说什么？”黄腊梅说。

“我、要、去、万、花、路——”

“你说什么?”黄腊梅又说。

刘小富的嘴唇在一动一动，他用了最大的力量：

“我、要、去、万、花、路——”

黄腊梅顿时泪流满面，她忽然一下子把脸贴在了刘小富的脸上，她不知道那湿漉漉的东西是自己的泪水还是刘小富的泪水，但她明白此刻苏醒过来的刘小富根本就不知道他现在除了面对死亡，还要面对那辆车，面对那个人，面对更多更麻烦的事！但再多的麻烦事加在一起都要比死亡小，只要活着，哪怕活一天，就会有希望！

只要刘小富活着，黄腊梅就不会觉得自己的生活空空荡荡。

一步一徘徊

1

王小丽蹬着车子来到了北斗北路，此刻太阳正毒，北斗北路上的热浪灸得人睁不开眼。这条路王小丽最最熟悉不过，不但熟悉，小时候这条路还经常出现在她的梦里，这条路往南去是一个花园，往北去是一个果园，靠果园又是一个医院，王小丽当年就出生在这个医院里，医院现在还在，但那长满李子树的果园却早就从地面上消失了，就像自己城里的那个亲妈，早已消失得无影无踪去了另一个世界，那个世界不要吃不要穿，既没忧又没愁，但自己的亲爸硬是不肯跟了去，前几年孩子们劝他再找一个老伴儿，他又不肯，硬是要独身一个过。花园里的房子过去看还好，还住过几任市长，但现在看像是猛地萎缩了一大截，难道房子也会变老？王小丽在心里问自己，不免有些伤感和迷惘。

锁好了车子，“砰砰砰砰”敲开门，王小丽的心也跟着“怦怦怦怦”跳到喉咙处，进了屋，却又想不到，家里的样子像是没发生什么事，小弟像是刚才正在看电视，电视还闪闪烁烁。王小丽朝南边那间屋探探头，老爸弓着身子虾米一样蜷在床上，拦腰盖了蓝白道子毛巾被，像是睡着了，脸朝着窗子那边，窗外是一片绿，对面是五医院的住院楼，楼上的那四个大字坏了一个字，现在只剩下三个，三个字念一念就让人觉着十分好笑：“死扶伤”，死了的能扶伤了的吗？是一派胡言。

“老爸怎么样？”王小丽问小弟。

“刚吃过药睡下。”小弟说。

“吓死我了。”王小丽说。

“其实还不如死了，人老了一百个没意思。”小弟说。

王小丽在那张铁管床上坐下来，床栏上的绿漆全部掉光了，黑油油的，像谁在空中画了一道黑。床对过是那个黄油漆的大立柜，立柜上的镜子已经乌了，照人总是模模糊糊，一个人会变成七个八个，靠窗是那张两屉桌，桌上是一堆山竹皮，今年南方水果大丰收，王小丽老爸的徒弟过来看师傅，买了好大一堆。小弟把桌上的山竹推推要王小丽吃，自己先剥一个。

“老爸前些时候住院不叫你来是怕你家里事多。”小弟说。

“刚才你打电话我还以为老爸已经过去了。”王小丽这才想起要喝水，她此刻嘴巴干得很，想大口大口喝些凉水，这也是这几年她在货场搬货养成的习惯，没有凉水不解渴。王小丽的小弟站起身，跟在姐姐后边去了厨房，厨房很小很暗，水龙头里的水倒是很凉。王小丽的小弟站在王小丽身后说，“老爸一下子过去倒好了，过不去就是咱们的麻烦。”小弟说这么下去不行，好人也得给拖垮，我们实在是熬不下去了，拉屎拉尿都在床上，请人又请不到，现在请一个乡下人没八百一千都办不到，要是请不对就是在家里放了一个贼！还得防她！所以只好请三姐你过来照顾一下。小弟又说他和大姐二姐都商量过了：“大姐最近抱了外孙，离不开人，二姐虽然事不多，但单位还要去，所以……”王小丽的小弟把要说的话顿了一下然后才说了出来：“大姐二姐都也同意，这套房子说大不大说小不小三十八平米，只要你照顾老爸到底，这房子以后就是你的，也算是这个家照顾你，只看你同意不同意？”

王小丽心里“怦”地一跳，回头看定了小弟。

“你要是把老爸照顾到底，这房子就是你的。”小弟又重复一句。

王小丽没想到小弟打电话是为了这事。

“你只要把老爸照顾到底。”小弟又说。

王小丽抬起手，塑料水舀没挂好，“嘭”的一声掉在地上。

“你是不是怕拖时间太长？”小弟说，“大夫说最多也不过三两年。”

王小丽指指床那边的老爸，要小弟莫乱讲。

“没事，听见也没事。”小弟说。

“我就怕时间上不够。”王小丽说我倒不怕受苦。

“爸这次犯病住院大姐花了四千，二姐给了三千多，我这里一个人就是五千多……”小弟看着王小丽，满眼里都是话，但说出嘴却只变成了一句：“老爸已是这样，有口热水喝，别忘了吃药，饿不死就行，你侍候他不吃亏，最后还能得套房子。”

“听说这房子要拆？”王小丽说。

“去年就开始嚷嚷了，老爸也许还等不到拆！”小弟说我想你也不会希望他活一百岁。

王小丽的心一下子被小弟的这句话填得满满的，从小到大，她就恨这个家，爸妈生了三个姑娘一个儿子，三个加一个是四个，说来也不算多，但当年怎么就偏偏把自己送到了乡下？王小丽上小学的时候还盼着父亲把自己接回城里那个家，到后来她死了这个心，王小丽的儿子现在都已经十八岁，再差两年，王小丽就要奔四十五。说到城里这个家，远不是这些年的事，从早些年开始，城里这个家就好像已经把她给忘了，小弟结婚那次她回去，小弟的媳妇大惊小怪地说：“咦？你怎么又多出个姐？不对吧？”那时候，王小丽已经在国棉厂上班，国棉厂现在塌了也已经有八九年了，王小丽想不到两口子在一个厂会这样倒霉，要没工作突然一下子就都没了工作。四十多岁的男人现在找事要比登天都难，没办法，鲁和平只好去给一家商店下夜，因为下夜，王小丽都很长时间没和和平过夫妻生活了。王小丽现在倒是有两份事做，一份是送“宅急送”，送一件一块五，一份是到货场搬货，每搬一件是五块，无论是送还是搬，王小丽总是臭汗淋漓咬着牙在心里说“又是一件，又是一块五!”“又是一件，又是五块!”组长岳京生说王小丽你是不是在拼命？你这是和谁在拼命？你这么拼命别真把自己的命给要了！王小丽说穷人没钱就是没命！穷人的命是越拼越结实！就像打铁，打一千锤是铁，打一万锤也许就是钢了！王小丽现在一张脸给晒得差不多像黑人。那天路过超市给“海陆空”看到，海陆空开玩笑说她这是返祖现象，应该去非洲。

海陆空的名字叫海绿红，和王小丽从小关系就极好。

“只要你同意，只要你把老爸照顾到底。”小弟又说一句，一只手在脸上乱摸。

王小丽忽然觉得自己真是无话可说，对这个家和这个家里的所有成员都无话可说，老爸既然已经成了这样，她还能说什么？过道椅子上是老爸一堆脏衣服，臭烘烘的，王小丽找了盆子，把老爸的衣服拿到了小卫生间，小卫生间只一平米大，刚好蹲得下一个人，里边黑咕隆咚，黑咕隆咚之中有什么“嗒”的一声，又“嗒”的一声，是水管在滴水。小弟跟在她后边，说他待会儿还有事，马上就走，又说这套房子别看旧，地盘很不错，医院商店和饭店样样都有，“三十八平米现在要卖差不多也得十五万，再说老爸也没多长时间了，让他往长里活，天天给他吃人参恐怕也只是三五年的事！”

小弟的话让王小丽的心怦怦乱跳，一个声音在心里说：

“你未必为了这房子就想让你老爸早死！”

“怎么样？”小弟又说，手还在脸上，摸住了，用两个手指一挤，是个疙瘩。

“就算答应，我也只是为了房子！并不看你是我老爸！”王小丽在心里说。

小弟急着要走，说姐你不说话就算同意了！那我就走了？今天晚上你就先住在这儿，要不老爸就没人看了，出了事就是你的，其实事也不多，喂一下饭，倒一下尿，床上有窟窿，拉屎的时候帮他一下，只是臭了一点。小弟一脚已迈出门外，回头又对王小丽说，“爸的工资卡在大姐手里，医疗卡在二姐手里，我对她们说你同意了，明天让她们过来给你个交代，三姐你不要担心，你吃喝在这里，最后还得套房子，依我说对你是大便宜。”停停又说：“待会我家那边打来电话你就说我今天晚上还在这里陪老爸，不回去。”

水龙头的水“哗哗哗哗”已经从盆子里溢了出来，王小丽忙放下盆子拿拖把，擦过地，直起身子，王小丽给吓了一跳，老爸不知什么时候已经醒了过来，正瞪瞪地看着自己。

王小丽没过去，站在那里，和自己的这个老爸对峙着。

老爸开口说话，但含糊不清，仔细听听，好像是在说你几时来的？

“管你说什么，我只为了房子！”王小丽在心里对自己说，把身子返过去。

这天晚上，王小丽睡在老爸那里，她睡北边，老爸南边，从小到大，王小丽在这个房子里没住过几次，所以这里的一切对她都很陌生，王小丽这一晚上噩梦联翩，先是梦见自己提了两件货在走，有一件货从手里掉在地上，里边全是黑虫子，眨眼间爬满地，再做梦，又梦见自己是在一个巨大的泥坑里，坑里都是没膝的烂泥，百般走不出来，一步一步，恐怖加上绝望，怕得自己尖声大叫。

老爸在南屋里：“春丽——”

隔一会儿，老爸又：“春丽——”

王小丽在老爸的喊声中猛地一挣，总算是醒过来，摸摸脸上，都是汗。

“多亏老爸你把我叫醒，要不那泥坑还不知要爬到几时！”王小丽在心里说。

老爸还在南屋喊：“春丽——”

王小丽开了灯，下了地，站在了老爸那屋的门口。

老爸不再喊，睁着眼，看着王小丽。

王小丽又转身上床，却再也无法入睡。

2

第二天，王小丽送完邮件时间已经不早。

回到花园里那边，开门进屋，想不到，大姐二姐和小弟早已在家，三个人六只眼睛都看着她，脸色都不大好看。王小丽才不管这些，先过到老爸那边看了一下，俯下身子问了老爸一声要不要洗脸？老爸嘴里"呜呜"一阵，王小丽听明白了，是不洗。不洗就不洗。大姐在后边说现在都几点了才说洗脸？你二姐刚才替你烧了一壶水，已经灌暖瓶里了，爸已经洗过了。二姐在一边说烧开水是小事，下午春丽你别忘了给爸熬鸡汤喝。又说："记着去南边买，只买一只鸡腿就可以，一次买一只，多了是浪费。"日子就是不好过，王小丽还从来没有过一次买一条鸡腿的事，这是二姐的话，分明已经把自己当了保姆下人！老爸这时在床上开了口，仔细听，老爸是在说他不吃鸡腿。

"咱们到那边说话，我们交代一下就走。"大姐对王小丽说。

大姐又对小弟说，"把爸这屋门带上，别让他听见。"

“你们的意思是不是还想让老爸活一百岁?”小弟把门“砰”地一带,“鸡汤给老爸喝我看是浪费,人生最重要的道理就是要反对浪费。”

“春国!”二姐说你最好做个榜样。

王小丽小弟说:“给哪个?给你?”

二姐说,“给哪个?给你儿子!”

小弟说现在的大学生也不需要榜样,到时候我早早死掉就是,也不要什么鸡汤喝。

“爸妈这一辈子就春国这么一个好作品!长得比较漂亮!”大姐发了话,话中带刺。

小弟笑着拍拍桌子:“我不好也不坏,你们上电脑看看,爸这样的病人还喝什么鸡汤?”

“爸怎么就不能喝鸡汤?”二姐说。

小弟说少打打麻将什么都知道了,“麻将里根本就没什么知识!”

大姐说:“老年人,你给他喝鸡汤他一百个高兴,吃青菜对他好,你天天给他吃青菜看看?老年人,精神最重要!别看他说不清楚话,心里什么都明白。”

王小丽在心里有些怕大姐,大姐说话总是拐个弯,你明明觉得她是朝西走,谁知她一下又到了南边等着你。王小丽的性子直,不那么太会说话,所以,她和大姐一直都没什么话,不是今天，是从小到大。

王小丽的大姐把脸转向王小丽："不过，从今天开始，老爸吃好吃坏是春丽的事，我们把老爸都交给春丽了。"大姐对春丽说，"老爸的工资里里外外足够，从今天起你就吃在这里喝在这里，工资卡在我这里，每个月月底我会把钱给你，但你要记一笔账，不是我们信不过你，记账的好处是可以知道什么地方长什么地方短，要是不够大家也知道该在哪一块地方补一下。"大姐接着又说老爸买药看病花钱的事。大姐两眼看着春丽，说老爸的公费医疗卡在你二姐那里，我看还是放在她那里好，老爸买药买什么药，看病看什么病，花钱花多少钱，你只要跟二姐说就是，这么做，也好让她帮你一把，咱们虽是姐妹，花钱的事，都要清楚。

王小丽看看二姐，又看看小弟。

"三姐你身上不会没有钱吧？"小弟笑笑，接过王小丽的目光，问一句。

王小丽说，"这我还垫得起！"

"那又不是给别人垫。"大姐说。

王小丽心里突然冒上来一句话："你们什么时候把我当过自己人？"

大姐两眼一转，看了一下屋子，"老爸不会白让你照顾。"

让王小丽吃了一惊的是大姐忽然把一张纸拿了出来，这张纸是打印好的，上边写了许多条件，但最最重要的就是写明了只要春丽把老爸照顾好了，这套房子到最后才会是春丽的。王小丽大姐说“我打印了几份，要是让你签字就显得见外了，但春丽你还是要好好看一下，到时候房子是你的你就得把上边的事都一件一件做好，做不好咱们另说。”

拉抽屉，关抽屉，大姐从抽屉里找到图钉，那张纸已钉在墙上。

面对墙上那张纸，王小丽心里更不是滋味。

“这里倒该弄个宣传栏!”小弟抬起一只手摸脸上，用两个手指一挤，笑着说。

大姐又把那个从家里带来的笔记本拿给春丽，牛皮纸的皮子上写着四个字：“家用账目”。

“这么做也是为了照顾你，只要你把老爸照顾好!”大姐临出门再说一次。

王小丽太阳穴那里一跳一跳起来，大姐二姐和小弟已经出去春丽才想起一句话，她追至窗口，朝外喊：“你们不在这里吃中午饭?”

大姐的话也从外边传了进来：“还中午饭，这都快要下午了!”

汗已经从王小丽额头上流了下来，她很想对外边大喊一句：“这话你们什么时候问过我一句? 你们还不是到这时候才想到了我！”王小丽看看墙上的那张纸，恨不得一下把它撕下来，再往南屋那边看看，老爸睁着眼，嘴巴在一动一动，不知在说什么。

王小丽想想，还是走过去。

“他们都走了？”老爸说。

王小丽在床边坐下来，从这里可以看到窗外，天上是大团的黑云，镶着耀眼的白边。

3

这天中午，王小丽下班路过小超市，超市门前正在处理小孩衣服，花花绿绿。

海陆空从超市里跑出来喊了一声，“停停！停停！王小丽！”

“停什么停！停什么停！一大堆事。”王小丽说。

“你再忙未必就不能站一下？国棉厂少个厂长也轮不上你！”海陆空说。

王小丽停住车，“说什么狗屁国棉厂！你以为我是你，一天倒有二十四个小时没事！”

“就你有事！就你忙！”海陆空说你再忙未必现在就去非洲？虽然你这么黑！

王小丽忍不住笑了起来，说你这更是屁话！我现在远比要去非洲都忙，这边要给小伟和和平把饭做好然后再去我死老爸那里，你说我忙不忙！王小丽和海陆空的关系十分要好，从小到大什么事都肯对海陆空说，甚至她第一次怎么和鲁和平上床办事都要告诉海陆空。关于老爸这边房子的事，海陆空已经给王小丽仔细分析过，海陆空说王小丽你这次是又当了一次傻×！你别以为你是占便宜？你老头子要是再活上五年你吃亏就更大，你去医院打听打听，侍候这样半死的人一个月要多少钱？一年没两三万银子傻子才会做这种不能再糗的事，十年是多少钱？你老爸的房还不就是个公房？公房又不是你的产权，你再打听打听现在买个公房房本要多少钱？还说你那大姐不是个人精？

王小丽宁肯不往这上边想，嘴上说，“算了算了！半死也是我老爸!”

“你老爸不半死也想不起你!”海陆空的嘴很直。

王小丽叹口气，“人生一场，我已看开。”

“你果真看开?”海陆空说。

“看不开也要看开，谁让我不是他的爸!”王小丽想起那天晚上的事，自己在梦中又惊又怕，要不是老爸不停乱叫把自己从噩梦中叫醒，自己也许还在烂泥里挣扎，王小丽要自己看开，那老头子毕竟不是外人。

“要是看开你就不会做这苦差事了，把自己晒得果真像个黑人!”海陆空说。

王小丽知道海陆空又要说黄话，骂一句：“你狗嘴就吐不出象牙！”

海陆空笑着把王小丽拉下车子，“下来好好说话，再急也不在这一会儿。”

“两边加起来有三张嘴我能不急！”王小丽说哪个不吃都不行。

海陆空一叉腰，“你真是个傻×！”

王小丽说什么意思，谁是傻×？

“你让和平小伟到你老爸那边去吃饭。”海陆空说还用你这么辛苦。

王小丽说自己最怕花园里那边闲话，“到时候还不又是闲话一大堆？”

“什么闲话？他们还敢说什么闲话？闲话又不是原子弹！怕什么怕！”海陆空说做人最最要紧的是给自己做主而不是怕听闲话！他们要是连这一点都反对还是个人？海陆空想想，又说，你姐不是让你记账？大不了你再记一笔账，记清和平和小伟吃了多少，到时候甩给她！海陆空又说你大姐以为她是财务科长？要你来侍候这么个半死老头，却还把你老头的工资卡拿在自己手里！好笑不好笑？你给她方便，她也要给你方便才对，其实，这种侍候半个死人的事最好是每人一个月地轮着来，说你傻你就是傻！你连我家的四喜都不如。

“对，大不了再记一笔账！”王小丽心里忽然一动，在心里说。

“做人首先要为自己多想想，你休想让别人主动替你着想！”陆海空说除非是把你生下来的那个人！

王小丽觉得陆海空说的话句句有道理，但她不清楚像海陆空这样能说会道脑子机灵的人怎么就连个老公都守不住？

海陆空继续说：“我看你那两个姐和一个小弟就没一个肯为你着想！”

王小丽叹口气，“管他们肯不肯，我又不活他们，各吃饭，另洗锅！”

“他们要是肯为你想就让你全家干脆住过来，你那边的房子还可以出租，现在到处在修路拆房，多少人想租房都租不到，现在连郊区的房子都不好租，你那套房子还不租个五六百？就算一个月五百，你算算一年是多少？再说，你那房子还在学校旁边。”

王小丽心里猛地一亮，这种事自己怎么就居然没想过！天天想着钱，而钱想不到就在自己身边！

“你不为自己想别人就更不可能为你想！”海陆空又说。

“一百个对！”王小丽在心里说，你真该好好学学，要不真要变成傻×！

和海陆空分了手，再蹬起车子来，王小丽觉得十分轻松！

4

回到花园里那个家，把饭菜放锅里热着，“哗哗哗哗”打着鸡蛋，王小丽忽然想笑，想不到自己四十多岁才真正回到这个家，这么一想，从心里又一下直酸到鼻子里。

老爸在屋里说：“回这么晚？”

王小丽看看墙上那块表，心想老爸你又不去上班？火车又跟你无关！飞机更轮不上你！

老爸又说，“是不是又吃鸡蛋——”

王小丽说，“鸡蛋最有营养，有人还吃不上鸡蛋！”

“你妈活着从不给我多吃鸡蛋。”老爸又说。

“你喊她一声试试？看她能不能从那地方爬出来！”王小丽说。

老爸就不再说话，好一会又说，“其实给我吃什么都是浪费。”

王小丽侧过身子朝屋里看了一下，一时想不起什么话。

“还不和倒地上一样。”老爸说。

自从半瘫半不瘫地躺在床上后，老爸的话就特别多，人们都嫌他话多，总是没人跟他多讲话，他说什么，也总是没人搭理，小弟说老爸已经进入了自说自话的最高境界，人一旦到了这种境界，是既无欢喜又无痛苦，所以更不必理他。

吃饭的时候，王小丽还是把老爸吃了两口不再吃的鸡蛋羹拿过来吃。

老爸又在一边说：“按说那不是该你吃的东西。”

王小丽“砰”地放下碗，不知道老爸是什么意思。

老爸马上又说：“你要想吃就给自己好好蒸一个。”

王小丽心里一动，不再说话，又端起碗，用调羹刮贴在碗上的鸡蛋羹，一点一点都刮下来，老爸又在一旁说了话：“你回这么晚，是不是先给那边做完再回来给我这边做?”

王小丽两眼一亮，看定了老爸，她希望老爸说不妨让和平小伟都过这边来吃，但这句话没等出来，等出来的话却是：“想不到倒要你过来侍候我!”

王小丽说两头我都要照顾到，光跑路了。说完这句话，又两眼看定老爸。

那句话还是没从老爸的嘴里等出来，老爸的脑子像是迟钝了，又好像他根本就不会往这上边想，从小到大这个老爸又几时为自己想过！王小丽忽然一下子站起来去了厨房，“砰砰嘭嘭”把剩菜归到一个碗里，然后开始“哗哗哗哗、哗哗哗哗”洗碗，水花一直溅到脸上身上，王小丽对自己说，“管你说不说，大不了再记一笔账！就让和平和小伟过到这边来吃饭，还怕把谁气死！过日子我首先要为我自己，总不能天这么热把自己跑死，不为了房子我还未必来，房子还不就是一个房本!”

老爸又在屋里说什么，听声音很激动。

王小丽侧过身朝屋里看看，窗外的阳光正落在老爸的脸上，看着老爸那么高的颧骨，忽然又心软起来，她放下手里的碗，抽下搭在那里的毛巾，在龙头下洗了洗，过去给老爸左左右右擦了两下。

“脚就放在晚上洗吧?”王小丽说。

老爸没说话，把脸掉向另一边。

老爸说：“我不要你洗。”

这又怪了，春丽说那为什么？你想哪个高兴为你洗！

老半天，老爸说：“都是王八蛋!”

“管你谁是王八蛋谁不是王八蛋!”王小丽一转身，又去了厨房，把地又狠狠擦了一遍，立起身站在那里想想，心里一点点头绪都没有，甩掉拖把去北屋躺下，铁栏杆床“咯吱、吱咯”好一阵乱响，但哪里又睡得着？这时手机突然响了起来，是鲁和平打过来的，问那个红皮子电视收视本儿在什么地方？告诉了鲁和平放收视本的地方，王小丽要鲁和平不要放电话，说她有话要说，便把自己的想法小声讲一下：

“好不好，从明天开始你和小伟都过这边来吃饭?”

“你花园里的人麻烦太多。”鲁和平说。

“屁话，我这不是已经给他们去掉了一大块麻烦!”王小丽说。

“我屁话！那一大块麻烦还不是又背在你的身上！”鲁和平说我都不好意思对你说，你去家政公司打听打听，现在侍候像你爸这样半死的人，接屎加接尿，没一千四五行不行。

“你瞎问什么?”王小丽说。

“我又不提你花园里的事。”鲁和平说。

王小丽还是忍不住，把房子的事说了：

“我为什么？你知道不知道，他们都同意了，只要把老爸侍候到死，这房子就是咱们的。”

鲁和平在电话那边愣了一下，马上在心里算了算，“你爸那房是公房，公房说白了只是一个房本，要卖也没得几个钱，要是按私产来算，三十五平米卖好了也就十万多一点，再说听说那边的房子要拆，北斗东路去年刚刚扩了一下，今年说是马上就要扩北路，他们个个不孝，个个烦那个老子，他们是拿你当一张擦屁股纸！”

“怎么讲?”王小丽说。

“还不明白，是用你来擦你爸那泡屎！”鲁和平说。

“屁话！我爸再不好也不是一泡屎！”王小丽说不说这个，你听着，我爸这边这间房子闲着也是闲着。

鲁和平不明白王小丽是什么意思。

“你和小伟都住过来。”王小丽说。

“什么意思?”鲁和平说。

“把咱们那边房子租出去!”王小丽说你儿子上学要钱不要钱。

鲁和平说这倒可以考虑考虑，这倒是个好主意!

关掉手机，王小丽兴奋得睡不着，以前总是梦想着回这个家，是虚虚幻幻，现在是扎扎实实躺在这里了，这四面的墙，和头顶那盏早已过时的八瓦小日光灯，还有，从对面楼的窗子打过来的一束反光，墙上凭空多出一大块白，像是凭空多了一面镜，这面镜子真还有些晃眼，王小丽把眼闭上，只想把那墙上的镜子关在眼皮之外，疲累却忽然让她迷糊了过去，再睁开眼，已经是三点钟。墙上的那只钟虽老却照样会打钟，“当”的一下，“当”的一下，又“当”的一下。

5

王小丽满头大汗骑车绕了老大一个圈子，从花园里西边那条路直绕到北斗路，她记着北斗路上有家中介公司，公司门前还种了好大一片红红紫紫的蜀葵，旁边还有家烧烤店。烧烤店好像终日有人在那里烟雾腾腾吃串儿。王小丽在那里下了车，左右看看，迟疑了一下，还是进去。里边的空调真是让人舒服，问了一下，那老女人刚刚打过瞌睡，正在喝水，不问不知道，一问真是吓王小丽一大跳，她哪知现在租一套像她那样平米的房子居然最少也得六百，还不说自己那套房子是在小学旁边，东边靠水稻湖，西边靠花园，风光又好得不得了。

“是不是挨着学校的房子更贵？”王小丽多问一句。

“乖乖！”老女人说现在哪个孩子不是金子一块，许多家长宁肯丢掉工作也要陪读，更多的家长是怕孩子跑路，住在学校旁边一是方便，二是安全。

“学校旁边的房子是不是现在还不太好租到？”王小丽又问一句。

中介公司的这个老女人挺爱说话，也是她刚刚睡醒精神大好，她告诉王小丽现在有那种房子的人一般都把房子用来开小饭桌，学生的饭又简单，一天两顿，不过是两菜一汤米饭馒头，早上再加一个鸡蛋，一星期再吃两回水果。

王小丽忍不住心里“怦怦怦怦”乱跳起来，开小饭桌自己不敢想，在心里算一算，如果把自己现在住的房子出租，一年就是七千！七千对王小丽可不是小数字，七千！只要自己肯把房子出租，七千马上就会到手，王小丽在中介公司的椅子上一屁股坐下来，内心的兴奋让她无法坐稳，而她又不想让那个老女人看出她的兴奋，她侧过身子装作看墙上那个彩图，手一下子碰到了什么，硬硬的有些扎手，用手摸摸，才知道旁边那棵碧绿的树竟然是塑料的。

王小丽要自己别激动，想不到小弟要自己过来照顾老爸，好运会这么快就随之而来，对于这种好事，王小丽觉得自己最好是一步一步来，一步一步加起来就是许多步，王小丽想好了，不管它有多少步，自己一定要走好第一步！在那一刹那，她想好了，想好了怎么走这第一步。她现在就要迈出第一步，这第一步就是要把大姐二姐和小弟请过来一起吃顿饭联络一下感情，只要感情疏通，其他的事就都会水到渠成。这么多年来，自己从来都没有请过花园里那边的人，再说，花园里那边的人也没有请过自己。王小丽一直把花园里那个家的人叫作“花园里的人”。

从中介公司出来，下台阶，太阳太毒，眼前一黑，王小丽站一下，在心里问自己，“是不是？是不是？是不是？”王小丽忽然笑了起来，“什么是不是是不是？”她自己也不知道自己在问自己什么！“是不是，他们得到的太多了，也该自己得到一点什么了。”王小丽在心里说，他们是谁？还不是大姐、二姐还有小弟！再加上半瘫半不瘫的老爸。这么一想，王小丽忽然又想笑，如果说大姐二姐和小弟得到什么还可以，说老爸得到了什么就恐怕说不过去？老爸得到了什么？得到了病！说话还有些大舌头！这么一想，王小丽心里又像是给塞进了什么，那老头毕竟是你爸！

王小丽蹬了车子往货场那边紧赶。

因为天热，宅急送这边若是没急件一般下午大家就都不出去，所以王小丽来晚了也没人说什么，组长岳京生正在和几个人在树下打扑克，个个都光着膀子，屁股后边是一圈儿西瓜皮，还有苍蝇在上下飞舞。虽然没什么事，但大家都不能走，这是规矩，因为有时候，你想都想不到会突然来个急件。天太热了，谁都不希望这时候来个急件。岳京生他们吵吵闹闹打扑克，王小丽没事，心情此刻又好得出奇，便拉上许飞霞去旁边转了转，旁边是卖汽车的地方，因为没地方可转，王小丽和许飞霞别无选择地进去看了一下汽车，汽车展厅里边有空调，因此她们又多站了一会儿，看完汽车，又过到马路对过，那边梧桐树底下要凉快些，梧桐树后边又是个卖楼梯的，各种各样的木楼梯、钢楼梯和玻璃楼梯，这些楼梯都和王小丽许飞霞毫无关系，她们只站在外边看了看。快下班的时候，大家都准备走，忽然又来了急件，组长岳京生看一眼货票，招手叫王小丽过来，说这一款急件你去送一下，又没多少重。王小丽把送货票接过来，货主竟是老柴油机的，老柴油机在三环外，一来一回没两个钟头恐怕不行，王小丽想跟岳京生说说自己家里半死老爸还在等着吃饭，才一张嘴，组长岳京生马上就很不高兴，“谁没有事？上次还不是照顾过你，我不能总是照顾你一个人。”上次？王小丽心里想上次是什么时候？忽然想起来了，上次是村里那个家有事，盖了新房要自己回去吃喜酒，自己请过一次假，那一次岳京生还没有扣钱。王小丽不再多说，把要送的货放好，是一大箱子“贝因美”儿童奶粉，倒没多少重量，放好货，用绳子结了扣。然后给老爸那边拨电话，她想告诉老爸自己要晚回一会儿，晚饭不要急，谁知电话响了好一会儿就是没人接。“还真不接!”王小丽想起小弟那次对自己说过老爸现在从来都不接电话的事，再把电话拨一次，还是没人接，心里忽然就慌起来，是不是出了什么事？是不是侧着身子倒开水让水给烫了？转念一想，这样的老爸要是死了倒好，他少受罪，别人也跟着少受罪，虽然心里这样想，王小丽的一颗心还是七上八下。

王小丽骑着车子去了老柴油机，西斜的太阳虽说不像中午那么一团火，但王小丽马上浑身上下从里到外都湿透，在心里忍不住想骂岳京生两句，但忽然觉得自己不对，让谁来？谁来还不都一样，你不受这个苦就得别人来受，好在，这个苦是大家轮流来受，好在这个世界上受苦的人毕竟很多，要不是这样，自己肯定受不了！这么一想，心里又平静许多。

去老柴油机的路上种了许多槭树，槭树长到一定时候就不再长，一派苍老的样子，一株一株的槭树从王小丽的身边退过去，退过去，一株一株的槭树又从王小丽前面迎过来迎过来，王小丽骑车骑得直到两腿发软才总算到了地方，找到地方，再爬一回六楼，这家的主人不在，细眉细眼的小保姆收了货。

往回骑车的时候王小丽口渴极了，路边有卖雪糕的，绿豆雪糕只一块钱一根，但她还是忍了，一块钱的黄豆芽就是一顿菜，这几天，黄豆芽要比绿豆芽还便宜许多。

多少年来，王小丽过日子只敢拣最便宜的菜吃。

但这一回，王小丽要请一次客。

6

王小丽老爸的花园里南边就是一个菜市场，说菜市场也不对，其实只是一条小窄街，街两边盖了简易摊位，让人们在那里卖菜卖肉。王小丽决定不在这个菜市场买她要买的东西。为了省几个钱，王小丽宁肯骑车子满身臭汗跑远路，她去了一趟东关批发市场买了肉和鱼，原打算不买鸡，为了二姐那句话她偏偏买了一只鸡，她要求把鸡肚子里的东西掏干净些，卖鸡的有些不悦，但还是又把鸡肚子重新掏了一回。东西买回来，王小丽白天哪有时间？她只好在夜里做。想打电话白天让鲁和平来做，又不放心，天太热，东西一放就坏。

这天晚上，王小丽“砰砰嘭嘭”把该提前做的都做了出来，剩下要炒的都放在一边等明天再炒。虽然现在都用煤气灶了，但老爸这边当年烧煤的火灶还没有拆，只是在火灶上铺了一块木板，再把煤气灶架在上边，做饭的时候，蟑螂总是在那里爬来爬去，母蟑螂屁股后边拖个卵也爬来爬去简直是恶心死人！王小丽看着那灶，心想明天就买些蟑螂药回来把蟑螂杀一杀。花园里这边的房子真是太老了，厨房当年设计得又黑又暗，水池下边的下水道又总是堵。王小丽心里已经有了计划，房子老不怕，可以收拾，到时候，就把这烧煤的火灶拆了，买一个钢架子的煤气灶台又花不了几个钱，到时候，水池子也要拆了换一个白瓷的，现在谁还用这种方头方脑的水泥池子？王小丽一边做手里的事一边在心里计划，到时候，自己现在住的那套房子再重新装潢一下干脆就给儿子结婚用，自己和和平就住到这边来。王小丽一边择手里的芹菜，一边又用脚把厨房北边门推开朝小院里看了一下。这个院子往大了说也只有六平米，虽然是夜里，但她还是看清了那只铁丝笼子还在，她记着那只绿尾巴大红公鸡，还记着母亲总是用一只碗和玉米面面团，再把面团揪成一个小球一个小球喂鸡。到时候，自己也许也会养那么几只鸡，但一定要是母的，一斤鸡蛋现在都快涨到七块钱了。

“到时候……” 王小丽又在想。

王小丽忽然怔在那里，“到时候，到什么时候?”

王小丽在心里问自己一声，“你这么想，是不是盼你老爸早早完蛋。”

王小丽怔在那里，芹菜叶子落了一地。

老爸此时在屋里说了话：“是不是要过‘七一’?”

王小丽马上说，“现在哪个还会过这种节日?”

“你砰砰啪啪，我以为是要过‘七一’。” 老爸说。

“过‘七一’会弄出这么大动静。”王小丽说。

老爸不高兴了，说，“‘七一’怎么就过不得!”

王小丽手里拿着芹菜进屋，站在老爸面前，“以前是人们把申请写了又写写了又写就是入不了个党，现在你就是想拉人们入党人们也未必会动那个心思，做党员只一样好，抗震救灾多捐几个钱，没钱的也硬要比别人多捐，打肿脸也要充个胖子!”

老爸不再说话，一张脸拉得老长，良久叹一口气，张张嘴，却没话说出来，话没说出来却忽然来一阵大咳嗽，一时间鼻涕眼泪满脸。王小丽放下手里的菜，忙拿手巾过来，左左右右给老爸擦两下，又说也不是过什么节，“是请他们过来吃顿饭!”

“请哪个?”老爸说。

“还能请哪个，请你大闺女二闺女和你儿子!”王小丽说。

“我的钱不许这么乱花。”老爸说。

“哪个说要花你的钱!”王小丽说我从来都没有花过你的钱。

“你知道不知道你妈生病你二姐一年只来过一次!”老爸说你还请她?我病成这样她又来过几次?你请她?

“活该!哪个管你这些!”王小丽在心里说，再看看老爸那张瘦削的脸，心里忽然又一软，嘴上也跟着软了一些:“不高兴的事最好忘掉，要记就只记高兴的事，这事连我都想开了。”王小丽对老爸说，“这个家也没给过我什么好处，但我从来都不记。”

老爸却忽然说：“你是不是有什么事？”

王小丽说没事，“谁规定有事才能请人吃饭？”

“没事你会请客？哪个信！”老爸说。

“病成这样还操这个心！”王小丽在心里说那天自己是给老头白吓一跳。

王小丽又去了厨房，继续做她的事，夏天黑得晚，时间已经不早，对面楼窗上的灯光相继暗掉。做完了要做的，王小丽把厨房里的火熄掉，把汤罐都一一用报纸苫好，窗子却没关。做完这一切，朝南屋看看，老爸还睁着两只眼，便又打水给老爸把身上的汗抹了一下，这一次抹得细一些，不再左左右右大刀阔斧，抹到老爸肩胛骨瘦处心里不禁一颤，怎么说都还是自己老爸。做完这一切，然后自己去睡觉。把那张用毛巾补过被头的花被子打开，王小丽还闻了闻，然后才钻进去，天太热，被子盖不住，王小丽又把被子撩开，她想让自己睡着，但不知不觉又想到了房子上，睁眼看看天花板，隐约天花板上有一片水渍，是楼上漏下来的水，楼上这家姓吴的很不讲理，那次漏水，母亲上去找，姓吴的女人还没说话，她男人倒开了口，说“谁让你住在楼下！”房子是该粉刷一下了，什么时候粉刷呢？

到时候再说，到时候自己住过来再说！到时候自己就住南边的屋子，小伟带媳妇回来就住北边这间。到时候还一定要把老是关不严的老木窗子换掉，塑钢太贵，铝合金就蛮好。王小丽是越想心里越亮，想到后来不觉烦躁起来，她一下子坐起来，在心里骂自己："王小丽你还是不是个人，你真想你爸早死？他虽不好，但也是你爸！"王小丽又躺下，要自己别再乱想，但她哪能管住自己，忽然又想到村子里的那两个老爸老妈。自己坐月子生小伟，还不是村子里的那个妈杀了鸡拿给她而且还足足侍候了自己两个月，那时候，自己的亲妈在哪里？更别说这个半瘫半不瘫的亲爸又在哪里！此刻自己的骨气哪里去了，为了房子又一头扎回到花园里这个家来。王小丽忽然觉得委屈，忽然想哭，翻一下身，把脸用被角一下捂住，无边的委屈忽然从四面八方朝她纷纷袭来，困倦也乘虚而入，王小丽马上就睡着了。

王小丽一觉醒来天已大亮，楼上那家人空调里住的小麻雀这几天已经出窝，在外边乱叫，有一只小的落在地上飞不起来，急得老鸟在树上也乱叫。多少年养成的习惯，王小丽醒来第一件事就是去厕所。在厕所里蹲着，王小丽忽然听到自己的手机响。这么早打电话过来肯定是货场那边有事。提着裤子把手机拿过来，却是海陆空。王小丽开口刚要骂，海陆空说你先别骂，有正经事，超市对面那个会计事务所有事你肯做不肯做。王小丽已经骂出口，说海陆空你别拿我开玩笑好不好，你又不是不知道我是块什么料，我要是那料还会去搬货出臭汗天天把自己搞得像个猪！海陆空说谁说让你当会计了？想得倒美！是让你去打扫卫生，每星期打扫一次，一个月三百，你去还是不去？海陆空说我这可是第一个想到你，只要一星期打扫一次就行，最好是星期六日打扫，“三百虽然不多，但事也不多，你夹泡臊尿就搞完。”

王小丽马上说，“好好好！哪还有不去的理，除了你肯想着我。”

海陆空说今天先过来搞一下好不好？“人家要马上开始办公。”

王小丽说那边是哪个，是不是你哪个情人？

海陆空说你快过来做事，我情人太多，我自己都数不过来。

王小丽说自己此刻正在拉屎，拉完屎还不知今天有多少事在等自己，不过那些等着自己去做的事都是公家的事，自己的事却只有一桩，那就是晚上要早些回来把那些菜做出来，让大姐二姐和小弟吃个无比高兴！但王小丽还是答应了，说马上就先去打扫那三百的活儿，打扫完了再去送“宅急送”，然后再去货场搬货。这几天货场南方水果特别多，杧果、山竹、榴莲，纷纷上市，货不但多，下货又急，桃子也下来了，桃子这东西最容易烂掉，不马上下货一烂就是一大堆。这两天王小丽也特别累，身上的衣服常常被汗粘住，一拉“哗”的一声，衣服才会和皮肤分开，那“哗”的一下子，真像是揭了一张皮，又痒、又难受、又舒服，是说不清。那几个男工嘻嘻哈哈说那感觉真好比搞女人！痒麻痒麻！

出门之前，王小丽忍不住给和平打了电话，说自己又找到一份事做，一个月三百，“差不多够一个月的菜钱。”

“什么工作？三百你还这高兴？”鲁和平说不会是一天三百吧？

“你是不是还没醒来。”王小丽说工作是海陆空给找的，是打扫卫生，一共三四间屁股大房子，一星期只打扫一次，三百可以吧？

鲁和平不说话了，他在心里算算，“还可以。”

“可以吧？”王小丽又说。

“这么早，你打电话就为了跟我汇报这事？”鲁和平说。

王小丽说你又不是我什么屁领导！跟你汇报！下午你早点过那边，我可能要晚一些，我先去把那三四间房打扫一下再说。

“不误我七点半接班就行。”鲁和平说那些人到时候什么话都能骂出来。

“到点你走就是，”王小丽又吩咐，“鸡要炖得时间长一些，别忘了放些香菇。”

鲁和平说他自然晓得，“要是我认真起来，厨房那两下子你还比不过我。”

“告诉小伟中午过来，要他吃完就睡觉。”王小丽说。

“说实在的，我真烦你花园里那几个人。”鲁和平说，“尤其是你大姐，自认像个部长！”

王小丽在心里说：“我未必就不烦？但再烦，也不能跟房子烦，房子到手，她就是自认女市长也跟我无关！”

7

王小丽顺着北斗路骑着车子去了货场，北斗路去年刚刚修过，车子骑上去真是又平稳又舒服，又刚刚洒过水，还好闻得很，王小丽心想，泥土味原来也会这般好闻！再看两边，原来街边的那些烂房子去年都给拆了，现在种上了许多花花草草，矮的花花草草中还有高的大树，在这条路上骑车让人觉着有说不出的新鲜感，也许这新鲜感是因为王小丽的心情好。货场紧靠着三江美乐宫，美乐宫西边是一条南北大道，往北去通河北沧州，往南去通河南新密，这边道上来来往往跑的大多是运货车。宅急送总部便在这里，只不过是两间房，一间是老大的库房，一间是很小的办公室。王小丽骑车进院，就看见组长岳京生正叉腰皱眉站在那里，他正在等王小丽，一见王小丽从外边进来就说，“好好好！你可来了，昨天送货你是怎么回事？”王小丽从车子上一下子跳下来，说什么怎么回事？岳京生就拉王小丽到放货的那间屋里来一下，指指地上的那箱货，王小丽不看则已，一看便说，“咦！怎么又回来了？是不是退货？”岳京生说什么又回来了什么又退货！这几天你满脑子想什么鸟事！你压根就没把货送过去，你说你昨天送的是哪件货？你说你在想什么？王小丽马上就明白自己是送错了货。岳京生在一边说要不是人家打过来电话麻烦会更大。岳京生说那边的顾客一大早就打来电话说要起诉，说六个月的小孩被狠狠饿了一晚上算谁的事？影响发育又算谁的事？

“哪个没养过孩子，哪有这严重！饿一顿还会影响发育！”王小丽在心里说。

“到底怎么回事？”岳京生说。

“那就可能是我送错了？”王小丽说。

“难道还能是我？”岳京生指一下自己的鼻子。

“那我送过去是的什么？”王小丽说。

“你说你送过去的是什么？”岳京生说。

“什么？”王小丽说。

岳京生说那边顾客打开你送过去的货才发现是一箱子学生毕业论文。

“怎么会是毕业论文？”王小丽大吃一惊。

“要是再把毕业论文丢了事就更大。”岳京生说你又不会写一篇出来！

王小丽对岳京生说你也别发脾气，我自己也急，我这就去。

岳京生叹口气，说当然是要你去才是，但今天天气据说要热到三十五度。

“一百度也是我去。”王小丽说。

岳京生说算了吧，你立马蒸发掉也未必是件好事！上午我要开车去一下矿机厂，你搭我车一块儿去。

王小丽在心里松一口气，在心里说，你既要去那边，为什么不好人做到底，你送一下不就行了？

这天的天气真是特别热，早上一起来就让人感觉到头皮发闷。

王小丽坐车随岳京生去了老柴油机厂，一株一株槭树过去，一株一株的槭树过来便到了地点，王小丽又爬一次六楼，又是说好话又是做检讨，总算把昨天送错的货好不容易拿了下来，王小丽这才发觉情况要比自己想的严重得多，这个箱子已经给打开，里边的论文被翻得乱七八糟。这种情况，谁也说不清里边的东西少了没有，问题是出在自己身上，又不能问六楼上的这家人是怎么回事。人家不打开箱子也不会发现里边不是奶粉。

“先送送再说。”岳京生说学生写论文是件苦事，要真是丢一篇两篇还真不好说。岳京生昨晚打扑克大获全胜，别人的一百七十块钱已经装进了他的口袋，所以心情自然要比平日好。点一支烟，吸一口，再徐徐吹出去，岳京生忽然又说：“就是丢了也没什么了不起，现在写毕业论文哪个不是用电脑，电脑里有就永远丢不了！就是电脑里的丢了也不怕，现在写论文不过是左抄右抄。”岳京生这么一说王小丽的心里就好受了一些。岳京生开着车，把王小丽又送到东边的那所大学，那条路也在修，不但是修路，还要修桥，地上挖下很深的沟，一路上车是堵了又堵，从东边大学出来，又南南北北送了几趟别的货，不觉已经过了中午，不觉已经到了下午，不觉天色已经向晚，王小丽几次张张嘴，还是不敢把话说出来，一来二去，再加上送别的货，不觉天已完全黑掉，又不觉已是夜深，万家灯火到此时已变作百家灯火或者是几家灯火。

王小丽累得像浑身散了架，骑车回家，大姐二姐和小弟他们早已吃过饭走了。

厨房里堆着一大堆碗，两只苍蝇在上下飞舞。

站在那里，王小丽想骂一句，口渴得又顾不上，在水龙头上接了水就喝。

“你请他们吃饭，你倒不在。”老爸在屋里说。

王小丽没有答话，喝过水，她已一下子瘫倒在床上，没一点点饥饿的感觉，只觉浑身都是软的，心里想着只歇一下便去扶老爸解个手，却想不到一下子就睡了过去，等再睁开眼时天已大亮。睁开眼，王小丽忽然吓了一跳，老爸就靠墙坐在自己对面地上，老爸是怎么下的床？又是怎么过来的？

王小丽“啊呀”一声忙翻身下床。

“你醒了。”老爸说。

“哪个要你下床？”王小丽说。

“我怕你晚上有什么事。”老爸说。

王小丽闻着有股难闻的味道从老爸身上发出，马上明白是怎么回事。王小丽把老爸抱上床，果真已经收获了一裤子排泄物，王小丽把老爸扒下来的裤子洗了一遍又一遍，然后搭在厨房外边的小院，收拾完这些，再去收拾厨房那一大堆。

收拾厨房那一堆碗盘时，王小丽不免又在心里大骂，她是越想越气，气愤有时候能让人一下子变得果断，王小丽想好了，自己和他们客气算是吃错了药！从今天开始，鲁和平夜里在商店下夜，白天除了出去卖玉米就住在老爸这边！儿子小伟和自己住北边这间屋！北边的屋子太小，再也摆不下什么家具，王小丽想好了，要是儿子不习惯，自己就在老爸那边再放一张可以折叠的小床！顺城街那边的屋子马上倒腾一下，被褥衣物都搬到老爸这边然后出租！王小丽对自己说，他们既是这样，你何必跟他们客气！马上就搬过来，把那边房子马上租出去！王小丽想起海陆空的话，“做人首先要多为自己想想，你休想让别人为你主动去想！”王小丽是越收拾昨天的盘碗越生气，“砰砰啪啪”好一阵收拾，鸡骨头、鸡皮、鱼刺、鱼头、猪骨头被一下子用抹布横扫到地上，其实直接用抹布把乱七八糟抹到簸箕里更好，还省得再扫一次。那么多好吃的居然没给自己留下一点点！哪怕一点点也好！王小丽在心里愤愤地说。也就在这时，老爸在屋里说了话，要春丽过来一下。王小丽一只手是碗，一只手是抹布，进到老爸那屋里，老爸一只手抖抖抖抖地把枕头边的衣服掀起来，王小丽突然愣在那里。老爸枕头边的衣服下竟是那个白不白黑不黑的塑料饭盒，老爸的手又抖抖抖抖打开了塑料饭盒的盖子，里边竟然是几块红红的鸡肉。

“老爸就是老爸，硬是把两块儿鸡肉藏在衣服下留给我。”隔天，王小丽把这话告诉给海陆空，两眼不禁一热：“那天还为我从床上下到地下，一直爬到这边来……”

8

这天，王小丽横下心给大姐二姐和小弟打了电话，告诉他们，和平和小伟都已经住到了花园里这边，“一是为了照顾老爸，二是自己也跑不动，三是……”三是什么王小丽没说出口，也不必说，这三是就是出租房子，租金六百！最最重要的事。打电话之前鲁和平已经对王小丽说，顺城街那边的房子要出租一定要先和花园里那边的人打招呼，要不打招呼，他们要是找麻烦，租出的房子到时还要收回来，到时候麻烦就更大。王小丽想想有道理，便去给大姐二姐和小弟一一打电话。王小丽现在打电话在会计事务所那边，星期六日那边没人正好打打电话。那边王小丽已经去打扫了几次，正面是三间，背阴两间，顶里边一个小厕所，只一个蹲坑，扫一下地，再擦一下，家具过一下湿抹布，手脚麻利一点用不了两个钟头，顺便再把花浇浇。王小丽给二姐打电话，二姐一下就听明白了，说自己正在麻将上，此刻手气正好，不关心别的什么事，待会儿可能有龙要摸！反正那是房子，是房子就要住人，住再多的人自己也没有意见，有本事住个沙丁鱼罐头出来看看！给小弟打，小弟说他正在洗澡，信号恐怕不会太好，王小丽心想洗澡怎么还能接电话？在洗澡池里举个手机？进了水怎么办？而且还在电话里听到小弟洗得气喘吁吁，上气不接下气，但王小丽还是把话说到了，说这么做也是为了老爸好照顾，自己也不能再这么热的天两边瞎跑。小弟说这都怪老爸不死，给人们找麻烦，这个社会，要想让年轻人幸福，老年人最好自动到时候死掉！小弟这么说，电话里忽然有女人尖声笑起来，却马上又停住，只有小弟的声音，小弟说住过去就住过去，老爸多一个人照顾也好，只有真正的亲人才会想这周到。这句话，忽然让王小丽心生感动，又不免想，小弟在洗澡，怎么会有女人在旁边？

大姐那边的电话，是最后一个打，把电话拿在手里，王小丽先长出一口气。

王小丽说："和平和小伟都住到花园里这边了。"

"为什么？"大姐说。

王小丽一时倒不知怎样回答这个"为什么"。

"我两头实在跑不过来。"王小丽说。

王小丽大姐在电话里停了好一会儿才说："哪两头？"

"还有顺城街我那个家，和平他们也要吃饭。"王小丽想发火儿却又不敢。

"和平他自己不会做？"大姐说。

王小丽口气一下子顺过来："我是他老婆！侍候他是天经地义！"

"你再说一遍，他们要往什么地方住？"大姐说。

王小丽说："住花园里！"

"为什么？"王小丽的大姐又一个为什么？

"就为了我们也要生活！"王小丽肚子已经气得鼓鼓的。

"两面就不能生活？"大姐说。

"我跑不过来！"王小丽觉得自己已经豁了出去。

"为了房子你还跑不过来？"大姐的话已是实在难听。

“我只想告诉你一声。”王小丽说，想再说一句什么，却又想不起来。

“让我想想，这种事你也不用急。”大姐在电话里说。

好，那你就好好想想！王小丽把电话“砰”地放下，放下电话忽然又很不安，实际上，最最让王小丽不安的就是这个大姐。那边租房子的人已经过来好几回，但就大姐这个态度，王小丽还不敢一下就把房子出租掉。

王小丽没了主意，去小超市找海陆空，让她出主意。

“你那个大姐硬觉得自己是一个女部长！其实就是一根屎！”海陆空说。

“她说她还要想想。”王小丽说。

“想什么？你不会给她来一句‘是不是想过来照顾你老爸！’”海陆空说。

“我一急就想不出话。”王小丽说从小到大就嘴上吃亏。

“我看你还是一个傻×！”海陆空说。

“你说我是什么我都不怕，我就是现在没主意。”王小丽说。

海陆空说你还要什么主意，“你不用再讨主意！”

王小丽说这话怎么讲？“我来就是向你讨主意。”

“你大姐男人以前还不过是个工商局副科长，原来权也不大，现在退了就更没那个权，你怕她什么？要说怕，你小弟的话你倒要掂掂分量，因为那是你们家的男人，只有他生下孩子可以跟你老爸姓！”海陆空的意思是，打电话让那根屎知道此事就已经是对她的尊敬，再说这种人也尊敬不得。海陆空又问一声，“你大姐的姑娘和女婿都做什么？”

“都是小学教员！”

“好啊！”海陆空又一拍手，说教员只会跟学生家长硬气一下，你儿子小伟又不在他手下。海陆空说你赶快把房子出租就是，别到了冬天还要自己再出一份取暖费！王小丽忽然结巴起来，说我老爸，我老爸的工资卡怎么办？我老爸的工资卡在她手里。这是让王小丽最最发愁的地方。

海陆空又一拍手，说这根屎要是真和你玩，你也不妨跟她玩玩。

王小丽倒不知道怎么玩法，“这种事，到时候总不能去起诉？”

海陆空说她有办法对付这种人，只是现在还不能告诉王小丽，“再说那干屎也不可能太过分，她要是太过分收拾她的办法有的是，还不止一个。”

王小丽说用不用再给她打一次电话？

“你傻×！她会更觉得自己就是部长！就更是一根大干屎！”海陆空说好在她永远不会和自己碰在一起！这种人，谁和她碰到一起都会倒霉！她男人在家肯定就是接这泡粪的便盆！这句话让海陆空说准，王小丽大姐在家里把男人指来挥去已非一日。孩子结婚下请帖，帖子上家长的名字是这样写："家长：王春苹、高伟健"。男人的名字只会跟在她屁股后边吃屁！王小丽把这事告诉海陆空，海陆空拍手好一阵笑，说你那个姐夫还"高伟健"，我看他是既不高也不伟更不可能健！有这样女人算他倒霉一辈子，如娶别人做老婆一定有几天局长当，娶你大姐就只能当那么个副科，高姐夫还不如出家去当一个和尚！下雨的时候浪里浪当打把伞还可以落个"无发无天"！

"当个和尚也比当你大姐的男人好！"

9

王小丽想再给大姐打个电话，但她还是忍住没打。王小丽现在是又想马上把房子赶快租出去，又怕大姐来找麻烦，要租房子的那对小夫妻又连着催了两次，鲁和平说这种事只能撑住气，好在一个月已经过去，到了大姐该往过送老爸工资的时候。

这天，王小丽的大姐果然来了，来送老爸工资，已入二伏，天气大热。

王小丽大姐打着一把阳伞，一进花园里就又碰上有人用黄皮尺在院里拉来拉去，问一声，那几个工人说这几幢楼在这里一蹲就是三十多年，太影响风光，政府这一次扩路要把它拆掉。王小丽大姐说它风光的时候你们还没机会看到！那几个工人说就这楼还风光？哪一块砖不是灰的，除了砖哪一片地方不是水泥，高级瓷砖找不出半块还什么风光！北斗路的面子都给它丢光！大姐说你们知道个什么！那几个工人说也并不想知道！只知道要拆掉它，就是拆掉它也不会有多少钢筋！这种楼就叫作穷鬼楼！什么是穷鬼楼？穷鬼楼就是没几根钢筋的楼！从外边进来，王小丽大姐是一脸的唏嘘，想不到过去可以住市长的楼现在被叫作穷鬼楼。这是中午，小伟也刚刚从学校回来，高考刚刚结束，小伟自己估了一下分，只四百七十左右，照这分数，二本也危险，三本是民间办学收费太高又不能上，小伟从同学那里借了笔记本电脑正在北屋查学校，一只蜜蜂不知怎么飞进屋子里来，飞来飞去，东碰西碰。他只是伏在那里专心查学校。以小伟的分数，上专科倒是能好好挑选一下。鲁和平想让儿子远走高飞，那天对儿子小伟说“天津也不错，你毕业留在那里我年年可以过去吃海鲜。”鲁和平和儿子的关系好到像兄弟。和他们在一起，王小丽有时候倒觉得自己像是他们两个的老妈。大姐从外边进来，先去厨房看一下，厨房果然干净许多，地下一道一道的白，看来看去，明白是杀蟑螂的药。然后看屋里，老爸那屋里架了一个军绿折叠床，此刻合成个“人”字，正靠在墙边，晚上小伟睡时再打开。王小丽还没有回来，大姐就和老爸坐在那里说话，一边说话一边摸摸被褥，又问老爸每天都吃些什么？

“一星期吃几次肉？”大姐说。

“吃。”老爸不知怎么说。

“有没有水果？”大姐问。

“吃。”老爸又不知怎么说。

“吃没吃西瓜？”大姐再问。

老爸还是一个字“吃——”说完指指北屋。

大姐站起身去看一下五斗橱，指指橱里的方饼干：“给您的？”

老爸把头点点。

大姐又把那袋花生拿起来，“给您的？”

老爸又点点头。

大姐再拿起什么，老爸只顾点头，忽然说“你过来。”

王小丽的大姐过到老爸跟前，老爸小声说：“你别问！”

王小丽的大姐笑笑，当然知道老爸为什么不让她问，进屋的时候她已经看到北屋春丽的儿子，只是，她不会过去主动和这个外甥说话，无论干什么事，王小丽大姐最能撑得住气，凭这功夫，在单位工作的时候人人都得给她留一份儿。这时门响，先是钥匙，“哗啦”一声，然后是车轱辘碰在门上，“嘭”的一声，门这才打开。王小丽从外边趺趺撞撞推车进来，自行车车把上挂了两个很大很大的黑塑料袋，里边是论堆卖的芹菜菠菜白菜还有萝卜，车子的后面又夹了两个卷起的大蛇皮袋子，是上午从货场拣的，此刻没用，用时伸手便可拿到，王小丽把车子“砰”地立在过道，然后就去水龙头那边喝水。

大姐在屋里说：“小丽你回来了？”

王小丽一惊，把水龙头关掉，这才知道大姐在屋里，忙抽手巾下来擦了把汗。

“咱们到那屋说话，我交代一下就走。”大姐对王小丽说。

“几时来的？”王小丽说这几天路更难走，是不是坐公共汽车？

“倒了三趟，27 路又停了。”大姐说。

到了北屋，王小丽要小伟叫“大姨。”然后要他到南边屋子去做自己的事。小伟长这么大，加起来见过这个大姨只三两次，若在路上，碰面也不见得能认出她是谁。刚才小伟两只眼虽然在笔记本上，耳朵却在南边屋，那边的每一句话都在他耳朵里。

王小丽浑身都是汗，昨天报告说有雨，今天天上却连一丝云都没有，是干热。说不出为什么，王小丽是有些怕大姐，在电话里敢把话说得硬气一些，但当面便只会倒茶倒水。倒了水，又洗了几个上午下货时摔裂露出大红里子的水蜜桃。

大姐拿一个桃放嘴里吮，一边吮一边说把本子拿过来我看一下。

王小丽知道大姐要看什么，便把那个本子取过来，里边夹着紫红色的发票，是交电费水费煤气费的凭据，还有几张买药的单子，三指宽的白纸。

“再找张纸。”大姐又说。

王小丽把纸拿过来，却忘了拿笔。

“笔呢?”大姐又说。

王小丽又把笔侍候过来，看大姐在纸上用圆珠笔加加减减，像是在做算术题，做一遍，然后再做一遍。王小丽两眼看大姐在纸上写来写去，却听大姐说，“厨房你上蟑螂药了?”王小丽说，“这几天少多了。”大姐已经算好，在纸上把圆珠笔一顿，说，“总共是八百零五元，老爸的工资是一千零七十八块。一千零七十八减去八百零五元是还剩二百七十三块。”

大姐把钱从一个信封里取出来要王小丽数数。

“不用数吧?”王小丽说。

“老爸的工资全都在这里，你数一下。”大姐说。

“不用数吧?”王小丽又说。

“咱们虽是姐妹，但钱的事要清清爽爽。”大姐说。

“你让我数我就数。”王小丽在心里说，便把钱拿出来放在手里数，数到一半忽然忘了数，又重头数，再数，忽然又忘，又再数。

大姐对王小丽说剩下的那不到三百你就放着，“下个月不够花就拿出来补一下。”

王小丽说“就在这里吃饭?”

大姐已经站起来，说走回去正好。

王小丽看看表，已经是十二点半，“待会儿和平就回来。”

王小丽大姐一只脚已经迈出去，也没向老爸道个别，只说下个月我再来。

“吃完再走吧?”王小丽又在厨房窗口那里朝外说一声。

大姐已经从楼门走了出去，听得见脚步声渐远。

差一刻一点的时候鲁和平从外边回来，外边放车子怕丢，他也把车子推到屋里，过道里就更挤，鲁和平进屋就对王小丽说，你说我在院子门口的面馆看到谁了？王小丽刚把面切好，洒了布面，正一把儿一把儿提起来抖抖好，再顺在那里。说是不是海陆空？鲁和平说哪会是海陆空？这个人保险你认识。王小丽说谁？鲁和平说只和你差一个字。王小丽还是想不起，和我差一个字？谁？鲁和平说就是那个叫王春苹的人。我大姐？王小丽说开什么玩笑，她在面馆做什么？在面馆里吃面，鲁和平说是不是吃完面要过来。王小丽说什么吃完面过来，她刚从这儿走，送钱来了，留她吃饭她不吃。

“花园里的人就是怪。”鲁和平说。

“你看错了吧？”王小丽说不可能她从这里出去再到对面面馆吃面？

“我这眼！”鲁和平说这回房子能出租了吧。

“她把老爸的工资全拿过来了。”王小丽说。

“工资卡给没给？”鲁和平说。

“放她那儿好，去银行取钱还要排队，我没时间。”

“多少？”鲁和平说。

“这个月花了八百零五，老爸工资是一千零七十八，还剩二百七十三。”

面煮好了，王小丽把面一挑一挑分在碗里，再把炸好的酱和菜码也放好，鲁和平已经用凉毛巾擦了一把，光着膀子，身子顿时凉快下来，他端起一碗往嘴里“呼噜”一筷子，又说，“行不行下午我就给租房的打电话。”

王小丽端着一碗面去了老爸那屋，先把面放桌上，再在老爸的床边坐下来，然后把老爸扶起来，又在老爸胸前围一块手巾，然后才端碗，夹了面条往老爸嘴里送，喂着面，突然对鲁和平说，“她长得最像我妈。”

“谁？”鲁和平说。

“还能有谁？”王小丽说。

鲁和平说我知道了。

“脾气也像。”王小丽说。

“这我可不知道。”鲁和平说。

喂完了面，王小丽把嘴给老爸擦了，然后去了厨房，给自己盛了碗面，小声问鲁和平，“那剩下的二百七十多你说用不用给老爸？”

“这事我不管。”鲁和平说你儿子还不知道查到个学校没有？吃过面，又喝面汤，放下碗，鲁和平和小伟去北边屋打开笔记本电脑上网，王小丽饭量更好，把锅里的剩面全部打扫光，然后收拾碗筷，收拾完碗筷，又把大姐送来的钱数一下，想想，从里边数出来二百七。侧过身子朝屋里看看，老爸弓着身子虾米一样蜷在床上，横腰盖了蓝白道子的毛巾被，像是睡着了。

王小丽在厨房的小凳子上坐下来，把那钱又数一遍，放鼻子下闻闻，有股子烟味儿，想了又想，还是想不起老爸喜欢吃什么？烟、酒、鸡肉、羊肉、鱼肉、猪肉、牛肉、橘子罐头、黄桃罐头一样一样想过来。再站起来朝屋里看看，老爸还那样躺着，一动不动，王小丽忽然慌了，踮着脚进了屋，弯腰看老爸盖在身上的毛巾被，像是没一点动静，王小丽把手慢慢慢慢伸到老爸的脸跟前，手指刚刚触到老爸的鼻子。只听见老爸含混不清地说：

“猪油。”

10

王小丽约好海陆空去顺城街那边等人来看房子。为了往出租房子，鲁和平把厨房那两块坏玻璃换了一下，还把护窗用银粉刷了一遍。因为他们一家三口现在几乎都在花园里那边，这边的家里才几天就到处落满了灰尘，王小丽涮了抹布，又把家收拾了一下。擦了玻璃，再把桌椅擦拭一遍，家里顿时亮堂起来，这是星期天，外边有人“噼噼啪啪”放鞭炮，让人猜不透是开业还是结婚。王小丽拉海陆空到南面的窗子那里，下边就是十八校的操场，当年小伟就在这里念的小学，因为是星期天，学校操场此刻一片寂静，满操场白花花的一大片都是太阳，虽然没有站到那操场上，还是让人觉得头皮发紧。不准备出租房子的时候王小丽从不操这方面的心，现在才知道旁边单元为什么一放学总是有学生出出进进，原来是开了小饭桌。王小丽忽然赞叹起学校的好来，说下辈子要有机会就一定当教员。

“司机跑车最容易出交通事故。”王小丽说。

“现在司机又不是个职业。”海陆空说到了外国狗也会开汽车。

“银行工作也不好，整天和钱打交道容易失眠。”王小丽说。

“这你说的不对。”海陆空说银行一个人顶咱们三四个的工资。

王小丽说学校老师的工作好就好在教不好学生也不会出什

么大事，而且到处都有自己的学生，过年过节不愁没人，没有冷清这两个字，过年过节还从来都不用买水果。海陆空说："咦！从来都没听过你说当老师的好，怎么说起好来了，你说教员有办法，你公公桃李满天下怎么连个工作都给和平找不上？"

"他是65年的蛇，今年都要四十五了，谁要！他四十五，他爸多大，已经不是办事的那个岁数。不过他爸也不是没给我们办过事，要不是他爸哪来的这套房子？要不是这套房子鲁和平往后的日子就更没有想头。"王小丽说，"这套房子一出租，正好够小伟每个月的生活费。"海陆空说其实你再敢想敢为一点，就你这两间房，海陆空用步子量量屋子，"差不多能放二十多张小饭桌，开小饭桌也蛮好。"海陆空比画着，说南边这屋大一点，摆十张，这边一排，那边一排，又进到北边那个屋，说这屋小也能放下八个桌子，十八个小饭桌挤一挤坐二十个学生，一个月一个学生收三百，二十个学生是多少？六千除去成本费最少还不剩两三千？小学生又不吃什么山珍海味，最好也就是鸡蛋，早餐都是从小店那边进的面包，最便宜的面包一个才要一块钱，二十个学生才二十块，再加牛奶，牛奶一袋是一块五，二十个学生是三十块，早餐加起来是五十块，三五一千五。还要刨去星期天不吃的那两顿，中午饭加根火腿肠，要不就加西红柿炒鸡蛋，就算是两千，加起来是三千五，光这就干挣两千五。

王小丽说哪能！“你给不给人家班主任？这种事都要和学校老师串通才好做。”

海陆空突然说：“你出租房子的事你大姐他们知道不知道?”

王小丽说这是鲁和平的房子，鲁和平死了也不会是我的，是鲁小伟的，凭什么跟他们说。

“你大姐就不是个省油的灯。”海陆空说你试试让她知道。

王小丽就说起前天大姐过来送钱的事，说想不到居然什么屁话也没说，把老爸的工资全部拿了过来，留她也不在，倒去门口饭店坐在那里吃面条。

这时外边有人敲门，王小丽马上走到门跟前，弯一下腰，猫眼儿里有两个小枣核儿，打开门，正是那一对要租房子的小夫妻，说他们年轻其实有些夸张，都三十多了。这一对小夫妻进来就打量房子，这边看看，那边看看，说南边屋子阳光好但肯定吵得慌，孩子要住就住北边，北边相对安静，放两张床，面对面。王小丽心里说，别人上学他上学，别人下学他下学，学生一下学还吵什么吵？心里这样想，也不便说，只听他们说来说去。那女的又看厨房，回过头问王小丽有没有蟑螂，说世界上蟑螂最最可怕！王小丽说我家半个那东西都没有！心里说，就是有也未必可怕，爬出来一脚踩死就是，大食堂菜里边都会有蟑螂，人们照吃不误，也没见过饿死哪一个！这一对小夫妻对房子比较满意，王小丽随口问了一句，才知道他们的孩子还没有上学，九月开学才上一年级。再一问，不免让王小丽和海陆空都羡慕起来，人家一生就是两个，而且是一男一女，说到孩子，马上融洽。房钱是上次就说好的，是七百，比别处多一百，王小丽也只是想试探一下，没想到这对小夫妻十分爽快，并不讲价。合同昨天已经从中介那边买了两张，王小丽说自己的字不好，要海陆空来，海陆空头一次往后退，说我写的字只怕全世界的人都不认识。只好由那男的来填合同。

那男的一边填一边说租金也别半年半年交，“我们要交就是一年，没什么问题这房子我们会一直租到孩子上中学。”合同一行一行地填，王小丽才知道这一对小夫妻原来也都姓王，忍不住说一句“咱们八百年前是一家!”合同填完，那男的说钱我们已经带来了，是一年的。便从提包里拿出一个牛皮纸信袋，“八千四，加上押金是一万零四百。”

小王要王小丽把钱数数，王小丽要海陆空数，自己去找钥匙。

“也不急。”小王说有一把就行，隔天他会把门锁换一下，再把屋子收拾一下。

“这回如你的愿了吧?”小王的妻子对小王说。

小王说我孩子的母校必须是我的母校我才安心，“到时候办什么事都方便。”

王小丽这才知道这个小王居然是个“十八校”，马上问他是哪一年？认识不认识鲁怀光？这么一说便关系更近，鲁和平的老爸鲁怀光竟然带过小王的语文课。

“这房子原来是鲁老师的？”小王说当年自己作文向来好，鲁老师没少在课堂上夸奖他。小王又说，这房既是鲁老师的房子？怎么你在这里住？

“我儿子是你鲁老师的孙子我怎么就住不得？”王小丽说。

“好家伙！”小王说想不到会是这层关系！

至此，王小丽觉得鲁和平没出现还是好，要是他在场，一激动也许就会把房租给降下来。看完房子，小王夫妻两个先走，王小丽要海陆空陪她去把袋子里的一万块钱存到银行。从银行出来，王小丽和海陆空分了手，自己又回了一趟花园里把存折放好，然后再去宅急送。

到了宅急送，已经快到十一点，岳京生正叉腰站在树下，一见王小丽便火起来，说那一箱子论文还真不见了两篇！“货主要提出起诉。”

心情无比快乐的王小丽马上说：

“我去找，我马上去找！”

“找你个头！”岳京生说我问你去什么地方找？

王小丽说肯定是老柴油机厂那家客户拿论文出气，多说说好话肯定会拿出来的，我这就去，这就去！岳京生却突然笑了起来，说我是逗你玩儿！我这个人就是看不得别人兴高采烈！

“怎么样？房子租出去了？”

“我让和平陪你们喝顿酒好不好！”王小丽兴奋地说。

“那当然好。”岳京生说你若拿受苦所挣请我我还不忍心，你拿出租房子的钱请客我当然要去。王小丽当即想好了，不如就在花园里请一回客，在家里请客省钱还热闹。多买几斤肉什么都有了。到时候让鲁和平出马喝酒就行，鲁和平做别的不行喝酒却往往出彩，一是酒量好，二是酒风好，三是会劝酒。王小丽想好了，就在花园里北边那屋摆一桌，只要不影响老爸休息，这些个日子下来，王小丽忽然觉得自己往日的怨恨一下子似乎变成了东流水，“哗哗啦啦”不知已经流向何处！即使是老爸的屎裤子，现在洗起来也好像不再那么臭。王小丽又说一句：“要是我老爸没病，也许你们还喝不过他。”

岳京生从来都没听过王小丽讲她老爸的事，岳京生说你老爸以前是做什么的。

“最好的电工，80年就挣到五百多！”王小丽说。

反正闲着没事，又无货可送，王小丽站在树下又给鲁和平把电话打过去，心情真是无比的好，她告诉和平租房子的事真是顺利，“那一万已经存好了，剩下那四百零头用来请客。”

便又说请客的事，“多买两斤肉，就在花园里你好好儿和他们喝一回。”鲁和平说就怕人多坐不下？王小丽说“也就岳京生他们几个，再叫上许飞霞，让她帮我收拾。”鲁和平说，“最好是哪天下雨，敞着窗子凉凉爽爽喝他妈半天。”王小丽这天格外想说话，不免又多说一句，“想不到咱们会交这种好运，要不是过来照顾我老爸哪会有这些好事。”鲁和平忽然说一句成语出来：“原以为是坏事，想不到会带出这么多好事，这就是‘塞翁失马，焉知祸福！’”

想不到，这句话被鲁和平不幸一言说准。

11

“还请什么客！”

“还请什么客！”

“还请什么客！”

这天中午，鲁和平拿回张报纸来要王小丽看，说多亏自己在店里下夜没事把这张报纸看了又看。王小丽说报纸上还有不让请客的事？你又不是什么大头干部，管到谁头上都管不到你。鲁和平说我说的不是请客，我说的是拆迁，这上边写得清清楚楚，花园里不但在拆迁范围，而且拆迁最后期限都写得明明白白。王小丽一听便急，把报纸一把抓过来，拆迁消息只登在报缝里，夹在那一窄条屁大的地方不细看还真不会让人注意到。难怪自己昨天看见院子里有搬家的车，自己当时还以为是谁在搬家。当时还想怎么搬家都要凑到一起，难道七八辆车在搞搬家会战？

看罢报纸，王小丽当即愣住，花园里的房子一拆，自己必定要回十八校那边。

王小丽拉着鲁和平到厨房去说话，“这事都嚷嚷多长时间了，会不会真拆？”

“报纸不可能开玩笑。”鲁和平说。

“报纸有时候也说了不算。”王小丽说现在的报纸还不是假话大全！

“二十号到月底还有十一天，得赶快把钱退给人家。人家要是不答应还是个麻烦，提前终止合同咱们得给人家百分之十的赔偿。”

王小丽在心里算一下，百分之十就是一千，“怎么说你老爸都给他当过老师。”

鲁和平说，“现在的人不好说，要起赖来根本不管你是不是他老师。”

王小丽说钱不好挣，小伟一开学就要钱，“去哪找？”

鲁和平说他的同学马士良恰好在报社，“问一问？”

“那你打啊，赶快问一下。”王小丽说。

鲁和平把电话打过去，马士良正在饭局上，说我记着你在十八校那边住？那边又不拆。

鲁和平说这边是我岳父的房子，“花园里，苹果园旁边的那个花园里。”

马士良说花园里北边都已经拆开了，“自来水那个水塔都保不住。”

“靠马路的拆，里边的拆不拆？”鲁和平说我说的房子是在里边，靠西边。

“都拆。”马士良说花园里那一片都要拆，要建绿地广场，还要有个大喷泉。

饭已做好，王小丽忽然没了胃口，她让鲁和平和小伟先吃，自己端了碗去喂老爸。她把碗先放在床边的桌子上，一碗米饭，一碗是烩茄子，她在老爸床边坐下来，给老爸把毛巾在胸前围好，然后再端起碗一口一口喂。王小丽头有些发懵，神不守舍，好像是没睡好，又好像是脑子里给罩了一层什么。六月到七月，这还不到八月。这房子一拆，老爸去什么地方？老头已经瘫成个虾米，怎么办？

“吃。”王小丽说。

老爸把嘴张开，吃了一口。

“吃。”王小丽又夹了些茄子。

老爸把嘴张开，吃了一口。

“吃。”王小丽又用小勺舀了一勺米饭。

老爸把嘴张开，又吃了一口。

王小丽又去用筷子夹茄子，眼圈突然红了。

“吃啊。”王小丽说。

老爸又吃了一口。

喂完了老爸饭，王小丽进了厨房，站在那里发呆，鲁和平已经吃完饭，他对王小丽说这种事得赶快通知你大姐二姐和你小弟，你老爸住什么地方得让他们赶快想办法。

王小丽又去了老爸屋里，她要老爸把手伸出来，老爸的指甲长了。

“伸出来。”王小丽说。

老爸把手指张开。

“这一个。”王小丽说。

老爸又把手伸一下。

“再伸出来。”王小丽说。

老爸把另一个手的手指张开。

“这一个。”王小丽说小拇指也剪了吧。剪完指甲，王小丽又去端了水盆给老爸把手洗了洗，洗了手，又取了“大宝”，先抹一些在自己手心里，再用一个手指蘸了把老爸手心手背都抹了抹。

老爸忽然说了话：“你是不是有什么事？”

“没事。”王小丽说。

"我看你像是有事。"老爸说。

"我整整照顾了您两个月。"王小丽说。

老爸把嘴一下子张得老大，看着王小丽。

"这边的房子要拆了。"王小丽把这话说了出来，老爸人虽然已是半个人，但也要把实话告诉他。

"拆房?"老爸说。

"房拆了老爸你去什么地方?"王小丽说。

老爸忽然激动起来，说我什么地方都不去，我就在这个家。

"公家要拆谁也没办法。"王小丽说。

"反正我什么地方都不去!"老爸好像喘不过气来。

"我的房子也租出去了，我也没地方去。"王小丽说。

老爸不说话，大张着嘴，老半天说"谁让你租出去?"

"要是人家不同意退租怎么办?"王小丽说。这回是在问自己，其实不必问，眼下家里正需要钱，退租不是最好的办法，这么多年来，自己什么苦没吃过?但就是挣不到钱!只片刻间，王小丽已经有了主意，自己未必就非要回到十八校那边!为了儿子上学，猪窝狗窝自己都住得!

王小丽给小弟去了电话，此刻她又担心老爸的事，一旦拆迁，老头去什么地方?电话打通，想不到小弟那边早就知道这边拆迁的事。

“老爸怎么办?”王小丽说。

“怎么办?”小弟粗声大气地说到时候就去养老院，有老爸那份儿工资，看病吃药再说!

“大姐知道不知道?”王小丽说。

“大姐也同意去。”小弟说。

“拆迁的事你是什么时候知道的?”王小丽说。

小弟说是上个星期大姐告诉他的，小弟在电话里忽然有些不好意思起来，说话的声音忽然不再粗声大气，小弟说原来说好你把老爸照顾到底那房子就是你的，但现在情况变了，你侄子也不小了，我还得给他把房子留下来，现在花园里的房子是三十八平米，按拆迁规定可以多给到六十平米，我再多要二十平米，八十平米也够了，只要到时候我把钱补足。

王小丽不再说话，自己胸口那里“怦怦”一阵乱跳，像有什么东西马上就要跳出来，如果真跳出来，也不会是心肝五脏，而是那种叫作愤怒的东西!

无论有什么事，王小丽都要海陆空给她拿主意。她马上给海陆空打电话要海陆空过来陪她去冬菜关那边跑一趟。冬菜关在这个城市的东边，过了冬菜关便是那条冬菜河，那条河里的水早已干掉，河床上是刚刚盖起齐刷刷的一大片楼房，远远看去真是风景这边独好，这小区名字便叫“独好”。搞风水的却说“独好小区”杀气太重，穷人命薄千万莫住，这简直是开玩笑，平米一万的房子穷人哪个住得起，做梦都会被吓一跳。

海陆空在电话里问王小丽出了什么事？

“只恨我这一辈子投错了娘胎！”王小丽说。

“怎么说？”海陆空说。

“花园里那房子要拆掉，他们知道了七八天都不肯告诉我！”王小丽说。

“他们？你大姐二姐和你小弟？”海陆空说。

“还有哪个？”王小丽说这一次自己就是咬碎了牙也不能让他们看笑话，那边房子既租出去就死也不能退租。海陆空说花园里一拆你去哪里住？王小丽说我冬菜关那头有个表妹，早先是搞小商品批发的，在冬菜关最边上有个平房小院子，我要把它租下来，我十八校的房子一月是七百，冬菜关这边一个月是二百，算来算去我还挣五百！够小伟上学生活费。

海陆空从声音里听出王小丽真是有了事，马上打出租就赶了过来，她让王小丽上车，要出租车司机往冬菜关那边开。出租车很快就到了冬菜关。那个小平房院子真还是在冬菜关的最边上，再边就没法子边了，就是那河了。这是一个狭长的平房院子，一进门的地方只有一米宽，进了院子左手是间小房，可以放杂物，再走进去，院子宽了些，够三米，正面是房子，一进去是一间，这间屋的东面又是一小间，窗子却朝北开。屋子好久没住过人，到处是灰尘乱物。海陆空才说一句话：“这里是不是不太安全?”

“最可怜还是我那老爸！瘫在那里还要去养老院等死!”

一句话说罢，王小丽自己也想不到自己的泪水便会“哗哗哗哗”往下掉，泪眼蒙眬中就好像又看到老爸靠墙坐在自己对面的地上。

12

王小丽给小弟和大姐都打了手机，说她马上就要搬走，要他们马上过来照顾老爸。家里带过来的东西她已收拾好，打了几个包。刚托人搬过来的那个大立柜和五屉柜也要搬到冬菜关那边去，岳京生说马上要车过来帮这个忙，“就是不送货也要帮这个忙。”岳京生说。王小丽打手机，打包袱，来回走动，老爸只躺在那里直盯盯瞪大了两眼，眼睛是越瞪越大，人却是在慢慢缩小，好像是要缩到没有，老爸要是缩到没有倒是一桩好事，只可怜他那一把老骨头必须要有个地方安顿。说到搬迁，人人都说没有办法，都说一大堆东西没地方放，都说一家子人没地方住，但一旦开始搬迁，人人又都不会住到马路上去，样样东西都会有自己的归宿。花园里这天又有几家搬走，其中一家就在王小丽老爸楼上，三十年的老邻居，一旦搬走，简直就有些生离死别的味道，那姓杨的老邻居下来和王小丽老爸告别，当年他们是棋友，一下半天，这时说话，句句都仿佛不得要领。

因为王小丽的电话打得急，大姐二姐和小弟很快就都赶了过来。

小弟一脚跨进门来就说：“姐你怎么说走就走?”

王小丽在捆一个包，无比的愤怒从四面八方撞击着她，“放心！房子我又背不走!”

大姐说了句什么，王小丽只当没有听到。

二姐也开口说话，说再急也要等老爸去了养老院。

王小丽还是只当没听见，厨房里，这时忽然有了动静，是刚才王小丽烧了一壶水，王小丽去了厨房，一边往暖瓶里灌水一边在心里说，到了晚上，老爸还不知是谁给他再烧开水喝?王小丽这边这样，王小丽的大姐二姐和小弟在里面开始对楼上的邻居杨叔各诉其苦，说像老爸这样的人，最最好的地方就是去养老院。说到去养老院，半死老爸忽然大吼起来，口齿虽然不清，但屋里屋外都能听到：

“我不去!”

一句话吼出来，老爸差点要昏厥过去。

“养老院哪样不好?”小弟也跟上吼，“能去养老院的老人在这世上能有几个?”

半死老爸又吼一声“我不去!”老爸此一吼已是弹尽粮绝，声音顿时低了下来，已变作哭泣：“我死也要死在这里!”

楼上的邻居老杨忙对王小丽的老爸说，“养老院也好！养老院也好！”一句话刚落音，“哗啦”一声，老爸床边小桌上的东西已经被老爸扫在了地上，老爸用力太过，半个身子已悬在床边上。楼上的邻居老杨忙又说：“都是政府不好，都是政府不好，不是孩子们不好，拆什么房子，又拆得这么急。”老杨这么一说，王小丽大姐便马上开了口，说自己家两间房子，姑娘生孩子一直住在家里，要是老爸过去自己到底要照顾哪一个？再说自己也已经过了六十，想帮老爸翻个身到时也会力不从心。大姐还没说完话就被二姐打断，二姐说自己家倒有三间房子，只是自己现在天天还要去单位里划到，晚去十分钟都不行，房子倒是有，但一日三餐自己确实照顾不来，去养老院是最好的办法，再说自己又是人家黄家的媳妇，人家黄家也有两个老人，身体一直不好，一个上不了楼，一个下不了地，想搬来住也一直没让他们来，要是突然把自己老爸接回去还不是闹个天翻地覆？二姐这么一说，满屋里的目光就都聚到了小弟身上，小弟的话最最简单，粗枝大叶而意义明确！“一句话，养老院最好，人老了也该讲理，也该为孩子想想，我们是你生的，但总不能你生了我们就让我们一天好日子都别过，钱我可以多给一些，但我就是没时间过来弄屎弄尿！就是没时间一天在这里待大半天，我也不愿老爸去我那里，说不好听话，谁也不愿把家里弄得像厕所！”小弟说完，坐下，给自己抽根烟，点上，吸一口，全都憋在肚子里！一丝也没有吐出，两眼只看着别处，全不顾老爸在那里已经抖作一团。老爸终于抖出了结果，那就是一句话：

“我怎么小时候不把你们一个一个掐死！”

小弟跳起来说：“你现在掐死我们倒没那个可能，累死我们倒有可能。”

小弟的手忽然又在脸上乱摸，终于摸到，两个手指狠狠一挤，是个疙瘩。

至此，屋里人便都不再说话，楼上的老邻居老杨也不便再说，也没人注意王小丽在什么地方，王小丽在厨房里，她又烧了一壶水，屋里的每一句话都在她耳朵里，屋里的话进到她的耳朵里，眼泪却从她的眼里汹涌而出。

这时外边有汽车的声音，是岳京生派车过来要帮王小丽搬东西，平时和王小丽嘻嘻哈哈惯了的货场那边的人涌进了屋，那大立柜算什么，扛起来就走，那五屉柜就更不在话下，还有打好的包，肩上一个，手里再拎一个，都不用王小丽动手。外边的人在搬东西，屋子里的人都屏住了气，但他们的目光渐渐都被床上的老爸吸引，老爸此刻像是触了电，在一下一下地抖，从手上抖到身上，再从身上抖到手上，从手上抖到身上，再从身上抖到手上。两滴泪，终于给慢慢从脸上抖落。一屋子人就更都不说话。直到王小丽忽然出现在老爸这屋的门口，屋里的人这才把目光又都聚到了她的身上。

王小丽没有说话，手里拿着从墙上撕下来的那张纸，还有那个记账的本子，走过来，猛地一扔扔到地上。然后开始给老爸穿衣服，老爸那件灰色的上衣，她刚给洗过，此刻给老爸穿在了身上，她又让老爸躺下，再把裤子，一抽一抽给老爸穿上，老爸的身子继续在抖，这回是抖得更加厉害。但他马上停止了抖，一下子，老爸猛地被王小丽一下子抱了起来，屋子里的人眼里全是深深浅浅的惊叹，看着王小丽抱了半死的老爸往外走。

王小丽抱着老爸往出走，走出了门，下两个台阶，又走出了走廊门，眼泪就是这时一下子涌了上来，老爸全身的重量还远不如自己在货场扛的大包重。眼泪从王小丽的眼里流下来，流下来，一直流到了嘴边。

王小丽忽然停了下来，回头看看，然后抱着老爸再朝前走，快走到车跟前时又停下来，又回过头看看，然后再朝前走，走到车跟前的时候王小丽再次停下来。

此刻太阳正毒，炙得人睁不开眼。

王小丽又回过头去……

王祥夫主要著作目录

长篇小说：

1. 乱世蝴蝶．北京：大众文艺出版社，1994.
2. 种子．桂林：漓江出版社，1996.
3. 生活年代．北京：中国青年出版社，1996.
4. 百姓歌谣．桂林：漓江出版社，1999.
5. 榴莲榴莲．沈阳：春风文艺出版社，2005.

中短篇小说集：

1. 永不回归的姑母．北京：北京出版社，1999.
2. 狂奔．太原：北岳文艺出版社，2006.
3. 愤怒的苹果．太原：北岳文艺出版社，2009.
4. 驶向北斗东路．北京：作家出版社，2014.
5. 归来．北京：台海出版社，2015.

散文随笔集：

1. 杂七杂八．北京：中国青年出版社，1999.
2. 衣食亦有禅．重庆：重庆出版社，2013.
3. 以字下酒．桂林：广西师范大学出版社，2015.